Aislados en la nieve

Andrea Laurence

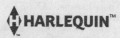

Editado por Harlequin Ibérica.
Una división de HarperCollins Ibérica, S.A.
Núñez de Balboa, 56
28001 Madrid

© 2015 Andrea Laurence
© 2016 Harlequin Ibérica, una división de HarperCollins Ibérica, S.A.
Aislados en la nieve, n.º 134 - 26.10.16
Título original: Snowed In with Her Ex
Publicada originalmente por Harlequin Enterprises, Ltd.

I.S.B.N.: 978-84-687-8494-6
Depósito legal: M-23727-2016
Impresión en CPI (Barcelona)
Fecha impresion para Argentina: 24.4.17
Distribuidor exclusivo para España: LOGISTA
Distribuidores para México: CODIPLYRSA y Despacho Flores
Distribuidores para Argentina: Interior, DGP, S.A. Alvarado 2118.
Cap. Fed./Buenos Aires y Gran Buenos Aires, VACCARO HNOS.

Prólogo

—Perdona —Briana Harper interrumpió a su socia durante la reunión que tenían semanalmente—. ¿Has dicho que nos han contratado Missy Kline e Ian Lawson para que les organicemos la boda?

Natalie, la planificadora de bodas y directora de la oficina, alzó la vista de la tableta. Miró a Bree con el ceño fruncido por haberla interrumpido.

—Sí —afirmó con un profundo suspiro—. ¿Por qué te extrañas? Organizamos muchas bodas de famosos.

Bree negó con la cabeza y volvió a teclear distraídamente en su tableta.

—Me sorprende, nada más.

Eso no era todo, pero no iba a contárselo a sus mejores amigas y socias. Una de las reglas más importantes de la empresa era ser profesionales en todo momento. Daba igual que los novios tropezaran y cayeran sobre la tarta nupcial, que un invitado se levantara cuando se preguntara si había alguien que tuviera algún motivo para que aquella boda no se celebrara o que el novio fuera el antiguo amante de una de las socias de la empresa.

Así que Bree no dijo nada.

Gretchen intervino.

—Están en las portadas de todas las revistas, así que no sé cómo no te has enterado. Parece, además, que ella está embarazada.

—Supongo que he leído pocas revistas —murmuró Bree.

Embarazada.

Missy, la reina del pop con el ombligo al aire estaba embarazada e iba a tener un hijo de Ian. Eso molestó a Bree. La molestó mucho.

Todos los lunes, las cuatro socias de Desde este Momento se reunían para hablar de los nuevos clientes, de asuntos de la empresa y de la boda del fin de semana anterior.

Constituían una empresa que organizaba celebraciones de la boda de gente importante y famosa. En solo seis años, Natalie, Amelia, Gretchen y Bree, amigas desde la facultad, habían pasado de ser unas desconocidas con un sueño a formar parte de la élite comercial de Nashville.

Juntas, habían alcanzado la perfección a la hora de organizar una boda. Si ellas no podían hacerlo, conocían a alguien que lo hacía. Hacían realidad cualquier cosa que la pareja nupcial deseara. Ninguna petición era demasiado difícil, y así se habían ganado la reputación de la que gozaban; por eso, y por su política de estricta confidencialidad.

Ian Lawson, un productor musical de Nashville que era dueño de SpinTrax Records hacía tiempo que había sido el centro del universo de Bree. Se habían conocido en el primer curso en la Universidad Belmont de Nashville y habían sido inseparables durante más de un año. Él era un músico de café, de largo cabello, ojos soñolientos y una sonrisa encantadora. Cuando tocaba la guitarra y cantaba para ella, el mundo era perfecto. Pero un día, él dejó de tocar para ella, y el mundo se le hundió.

—¿Bree?

Esta alzó la cabeza bruscamente. Las otras tres mujeres la miraban. Era evidente que se había perdido algo.

—¿Sí?

—Digo —repitió Natalie— que si podrás hacer los retratos de los novios este jueves y volver a tiempo para cubrir el ensayo de la cena de la boda de los Conner el viernes.

Esa vez fue Bree la que frunció el ceño.

—¿Por qué no iba a volver a tiempo? Solo se tardan dos horas en hacer las fotos.

—La novia quiere que se hagan en la cabaña que tiene el novio en Gatlinburg.

—No hay problema.

—Muy bien —Natalie hizo una anotación—. Te daré la dirección. Organízate para estar allí a mediodía.

Una vez que Natalie apuntaba algo en la tableta era como si lo hubiera firmado con sangre. No había forma de escaquearse. Bree tendría que enfrentarse al hombre que llevaba nueve años en sus pensamientos y sueños.

Y a su nueva novia.

Capítulo Uno

—Esto no va bien.

Como si el universo hubiera oído las palabras de Ian, los neumáticos del Cadillac Escalade resbalaron en el hielo. Corrigió el movimiento errático del vehículo y lo volvió a situar en la carretera. Se aferró con fuerza al volante y lanzó una maldición, al tiempo que agradeció en silencio que su secretaria lo hubiera hecho salir a primera hora de la mañana. De haberlo hecho más tarde, tal vez no hubiera llegado.

Los copos de nieve hacían cada vez más difícil la visión. Cuando llegó a las Smoky Mountains, estaba todo nevado.

En la falda de la colina que llevaba a su cabaña, retrocedió un poco, redujo la marcha y, lentamente, comenzó a subir por la larga y sinuosa carretera que conducía a la cima y a la cabaña. Al llegar entró en el garaje.

Agarró la bolsa de viaje del asiento del copiloto y salió. Se dirigió a la puerta de la cabaña, pulsó un botón y observó caer la nieve mientras se cerraba la puerta del garaje, bloqueando aquel tiempo inclemente con el que él no contaba.

Debería haberlo previsto, ya que se trataba de

un eslabón más en la cadena de desgracias que lo acosaban desde hacía meses.

Ian nunca iba a la montaña en enero o febrero porque el tiempo era impredecible. Y no lo habría hecho de no ser porque Missy, su prometida, había insistido en hacer las fotos de su compromiso en la casa de la montaña. Él había accedido sabiendo que era un error.

Dejó la bolsa de viaje en la encimera y contempló la vista del valle por la ventana. Estaba cubierto de nieve. De seguir así, pronto alcanzaría varios centímetros.

Missy llegaría desde Atlanta, estaba seguro de que ella no conseguiría subir la montaña en su pequeño Jaguar.

Y el fotógrafo…

Menos mal que la cabaña estaban bien aprovisionada. Ian recorrió la cocina abriendo los armarios y la nevera para inspeccionar el contenido. Tal como había pedido, había suficiente comida para alimentarse varios días. Los guardeses eran Patty y Rick, un matrimonio que vivía en la falda de la colina. Limpiaban la cabaña y el terreno de alrededor. Antes de ir hasta allí, Ian les daba una lista de provisiones y ellos se encargaban de llevarlas.

A veces, Patty añadía un extra para darle la bienvenida. Aquel día había una botella de champán en la nevera y dos copas en la encimera, al lado de un jarrón con flores. Era la forma de Patty de felicitarlo por su compromiso.

Por el champán, no debía de haberse enterado

de que Missy estaba embarazada de dos meses. Ella se lo había dicho a todo el mundo: a sus cuatro millones de seguidores en Facebook y a un periodista de la prensa del corazón. Ian no creía que hubiera alguien en Estados Unidos que no lo supiera.

Se casarían en marzo, en un lugar que Missy había elegido. Ian desconocía los detalles. Se había dicho a sí mismo, y a Missy, que estaba muy ocupado y que hiciera lo que quisiera. Al fin y al cabo, iba a ser su gran día. La realidad era que le costaba aceptar lo que le estaba sucediendo, aunque esperaba conseguirlo.

Quería que el bebé naciera en una familia feliz y cariñosa, por lo que estaba dispuesto a esforzarse en lograrlo durante los siete meses siguientes. Tanto Missy como él tendrían que poner de su parte. No era fácil llevarse bien con Missy: era exigente y caprichosa, además de estar acostumbrada a que todos le dijeran lo maravillosa que era.

No había amor entre ellos, pero Ian comenzaba a pensar que el amor y sus trampas eran un mito. Todo matrimonio requería un esfuerzo y, aunque su situación no fuera ideal, ella iba a tener un hijo suyo y se iban a casar.

Debía sacar el máximo partido de una situación complicada. Un fin de semana romántico era lo que necesitaban para avivar el fuego entre ellos. Al fin y al cabo, a muchos hombres les encantaría casarse con Missy Kline. Su voz sensual y su cuerpo voluptuoso llevaban varios años siendo un ingrediente básico de las emisoras de radio y las listas de éxitos musicales. Era la estrella del sello discográfico de Ian.

Al menos, lo había sido. Su último disco no había funcionado bien, pero a Missy no le preocupaba. Seguía siendo importante por su futuro hijo y por la boda. Su mánager se había encargado de vender la exclusiva de la historia y las fotografías a una revista, y se estaba preparando un programa especial de televisión para retransmitir la inminente boda.

Ian detestaba la idea, pero Missy era muy espabilada a la hora de ganar dinero. Y era publicidad gratuita.

El día en que se anunció el compromiso y las fotos del anillo llegaron a todos los blogs, la última canción de Missy alcanzó los primeros puestos de las listas de éxitos. Como dueño de una compañía discográfica, Ian no se quejaba; como novio, no estaba contento.

Ese fin de semana les harían las fotos del compromiso, que proyectarían la imagen de la feliz pareja por todo el mundo. Después pasarían unos días juntos intentando convertir la imagen en realidad. Un buen fuego, unas vistas magníficas, un chocolate caliente acurrucados juntos bajo una manta… Un vídeo musical romántico hecho realidad. O, al menos, eso era lo que Ian esperaba.

En aquel momento no podía garantizar que nada de aquello fuera a suceder. Missy había dicho que la nieve sería romántica. A Ian no le cabía duda alguna de que ya habría cambiado de opinión.

Con el ceño fruncido se dirigió a la puerta principal, la abrió y salió al porche. La nieve se estaba acumulando y cubría la carretera. No se veía el asfalto.

Mientra veía la nieve caer, un pequeño vehículo todoterreno dobló la curva y se dirigió hacia la cabaña. Supo que era el fotógrafo. Si había conseguido llegar desde Nashville, tal vez Missy lo consiguiera desde Atlanta. Al menos, parecía que las carreteras no estaban cortadas.

El todoterreno se detuvo frente a los escalones que llevaban al porche. Ian esbozó una falsa sonrisa que le hubiera hecho ganar un Oscar. Bajó los escalones con cuidado para saludar al fotógrafo y ayudarle a subir el equipo.

Una mujer vestida con vaqueros ajustados, un jersey de cuello alto y una cazadora descendió del coche. No iba vestida para un día de invierno en la montaña. Era evidente que también a ella la había sorprendido la nieve. No llevaba abrigo, ni guantes, ni bufanda, y sus zapatillas deportivas Converse rojas resbalarían en el hielo como si fuera aceite.

Al menos, llevaba gorro. Su largo cabello rubio sobresalía por debajo del gorro de lana. Unas gafas oscuras le impidieron verle bien la cara, pero le resultó familiar.

La mujer cerró la puerta del coche y se quitó las gafas.

–Hola, Ian.

En unos segundos, el rostro, la voz y los recuerdos formaron un todo y fue como si le hubieran dado un puñetazo en el estómago. Era Bree, Briana Harper, su amor de primero de carrera, la que lo distraía en las clases con su cuerpo joven y su espíritu aventurero, la que lo había dejado hundido como ninguna otra persona en su vida.

Ian tragó saliva para deshacer el nudo que tenía en la garganta.

—¡Vaya, Bree! No tenía ni idea de que fueras…

Ella hizo una mueca y asintió. Él se dio cuenta por la tensión de su cuello y sus hombros que la situación era igualmente violenta para ella.

—¿No sabías que venía?

—No, he dejado que Missy se encargue de todos los detalles. No me ha dicho quién sería el fotógrafo.

—Yo hubiera debido decirte algo o haberte avisado, por si no lo sabías, pero no quería darle demasiada importancia. Mis socias no saben que éramos conocidos.

«Conocidos» era una forma de decirlo. Haberse acariciado mutuamente cada centímetro de piel era otra. Cuando se hubo repuesto de la sorpresa de su llegada, Ian examinó las, en otro tiempo, familiares curvas. Había más de las que recordaba, pero entonces solo eran adolescentes. Ella se había convertido en toda una mujer, y los ajustadísimos vaqueros parecían una segunda piel.

—¿Va a suponer un problema para ti? —preguntó ella—. Para mí no lo es. Pretendo que todo sea muy profesional. Tu prometida no tiene por qué saber que nos conocemos, si eso es lo que prefieres.

—Sí, será lo mejor.

Aunque Missy alardeaba de que hubiera pocas mujeres que pudieran competir con ella, al mismo tiempo era muy celosa. Había aparecido en las portadas de los periódicos por haberse peleado en discotecas y en fiestas. Le había arrancado las extensiones a una supuesta rival solo por haber hablado con su exnovio en una fiesta de promoción en Las Vegas.

Ian no le había dado motivos para estar celosa, pero lo único que le faltaba era que sufriera un ataque a causa de la fotógrafa. Necesitaba que les sacaran las fotos para entregárselas a la revista en la fecha pactada. No podían esperar a que otro fotógrafo subiera hasta allí y sustituyera a Bree, suponiendo que alguien lo lograra, ya que cada vez nevaba más.

—Vamos a meter tus cosas.

Bree asintió. Cuando se dio la vuelta para dirigirse al coche, se resbaló. Extendió los brazos para agarrarse a algo, pero fueron los rápidos reflejos de Ian los que evitaron que se cayera. La abrazó por la cintura y la apretó contra su cuerpo.

Supo inmediatamente que había cometido un error. Todo el cuerpo de Bree se apretaba contra él. El aroma de su perfume preferido se mezclaba con el del champú para bebés que siempre había utilizado. Aspiró la conocida combinación, que le provocó imágenes de noches apasionadas en el dormitorio de la residencia de estudiantes y en la parte trasera del coche. Se le tensó el cuerpo entero, y el frío no pudo disminuir la repentina excitación que estar ten cerca de Bree le había causado.

Ella se agarró a Ian. Se había sonrojado por el frío y porque se sentía levemente avergonzada. Sus ojos azules se detuvieron durante un segundo en los de él, y la conexión entre ambos fue instantánea. Siempre había sido así. Incluso minutos después de haberla poseído, la volvía a desear. Por aquel entonces, si Bree no estaba en sus brazos, no podía pensar en otra cosas que no fuera ella.

Él apartó la mirada de sus ojos y la fijó en su boca, lo cual no mejoró mucho las cosas. Recordaba sus labios como los más suaves y acogedores que había conocido en la universidad y después de ella. Besar a Bree había sido uno de los maravillosos placeres de su vida. Dejar de hacerlo había sido tan difícil como abandonar la música.

Ese pensamiento lo devolvió a la realidad. Se separó de ella antes de hacer algo estúpido, como besarla. Bree se agarró al retrovisor del coche y retrocedió un paso.

—Gracias —dijo, con las mejillas arreboladas—. Ha sido una situación embarazosa.

—No ha sido nada. Embarazoso hubiera sido que te hubieras hecho daño en el trasero y que te hubieras mojado y llenado de barro las bragas.

—Cierto —respondió ella mirando a su alrededor. Parecía que no quería que sus ojos volvieran a encontrarse con los de él.

—¿Tienes tus cosas en el maletero?

—Sí. Bree se animó, contenta de volver a centrarse en el trabajo. Apoyándose en el coche con una mano, lo rodeó con precaución y abrió el maletero. Se echó una mochila verde al hombro y sacó unas bolsas negras y un trípode.

Ian agarro todo lo que pudo y la siguió hasta la cabaña. Ella se puso a montar el equipo y él se distrajo con el teléfono móvil, con la esperanza de que consultar su correo electrónico mitigara la excitación que seguía corriéndole por las venas y nublándole el entendimiento.

No había reaccionado así ante una mujer desde… Lo pensó y frunció el ceño: desde la última vez que había tenido a Bree en sus brazos. Ni siquiera la diva con el ombligo al aire de su compañía discográfica le provocaba el deseo que en aquel momento sentía por Bree. A pesar de que no quería que así fuese, ya que la vida le resultaría mucho más sencilla si pasara lo contrario, no podía negar lo que sentía.

A Missy le daría un ataque si se enterara.

Bree se centró en montar el equipo, aunque sabía que no serviría de nada. Había transcurrido una hora y la prometida de Ian no había aparecido. Si no se presentaba antes de media hora, lo más probable era que no llegara. Al mirar por la ventana resultaba evidente que subir hasta allí conduciendo era prácticamente imposible.

Ella lo había conseguido a duras penas. Los neumáticos le habían girado en falso un par de veces, y el corazón había estado a punto de salírsele por la boca. Pero eso no era nada comparado con lo que le acababa de suceder con Ian.

Habían pasado nueve años desde su relación. Ella debería haberlo superado hacía tiempo. Sin embargo, cuando la había apretado contra su pecho y ella había mirado sus ojos verdes en los que en otro tiempo se perdía, los años transcurridos se habían volatilizado, al igual que las razones por las que lo había abandonado, el dolor y las dudas.

Pensó que él había sentido lo mismo. Durante unos segundos había experimentado la conexión entre ellos y había visto en los ojos masculinos la atracción y el deseo, al tiempo que Ian sonreía levemente. Después, él había apartado la mirada y se había separado de ella.

Y, en ese momento, ella se había dado cuenta de que era una estúpida.

Se había puesto a montar el equipo. Necesitaba la seguridad de la cámara. Era como una barrera entre el mundo y ella. Si solo miraba a Ian por el objetivo, todo iría bien.

Al menos, eso era lo que se decía, lo cual no impidió que de vez en cuando lo mirara de reojo mientras trabajaba. Aunque Bree trataba de concentrarse, alzaba la vista y contemplaba durante unos segundos sus anchas espaldas, cubiertas por un jersey de cachemira negro; sus fuertes manos que agarraban el teléfono móvil y tecleaban en el ordenador portátil; la firme curva de sus nalgas, que resaltaban los pantalones grises.

Bree gimió y volvió a centrarse en el equipo. El trabajo la haría salir airosa de aquella situación. Lo que sentía era una estúpida atracción, mezclada con celos y nostalgia. Las cosas entre ellos no habían acabado bien. Había muchas razones por las que no habían funcionado como pareja, y, por eso, ella había roto con él. No tenía sentido anhelar algo a lo que había renunciado.

Era verdad que, al final, no había mucho a lo que renunciar. Durante los dos últimos meses de la relación, Ian había cambiado por completo. Al principio, ella se había sentido atraída hacia él porque era el polo opuesto de su padre.

Doug Harper era adicto al trabajo. Tenía éxito y estaba muy motivado. Pasaba casi todas las horas de vigilia dirigiendo su empresa constructora. Había construido la mitad de Nashville y ganado una fortuna. La madre de Bree llenaba las horas viajando por el mundo y gastándose el dinero de su esposo, por lo que Bree solo tenía la compañía del ama de llaves.

Su existencia había sido solitaria y desgraciada, y no tenía intención alguna de que fuera así en la vida adulta. Se dijo que necesitaba a un hombre que regresara a casa todas las noches, al que le interesara más vivir que trabajar y que concediera más importancia a la familia y el amor que al dinero y los negocios. Un músico enternecedor satisfacía todos esos requisitos.

Ian era todo lo que deseaba, y tenía posibilidades de ganarse la vida con la música. Pero dejó de tocar y abandonó la universidad para trabajar en una discográfica. Y, de pronto, siempre estaba trabajando.

De la noche a la mañana, Bree perdió a su músico. En su puesto apareció un clon de su padre. Le destrozó el corazón que fuera así, pero, al final, las cosas le habían salido muy bien a Ian, que había tenido mucho éxito e iba a casarse con una estrella del pop. Ella tenía un trabajo que le gustaba y esperaba encontrar también un día a la persona perfecta. La sesión fotográfica no debería resultarle violenta en absoluto.

Entonces, ¿por qué estaba tan nerviosa?

La voz de Ian interrumpió sus pensamientos. Hablaba con alguien por teléfono. No parecía contento, pero Bree se sintió aliviada cuando oyó que lo que le preocupaba era el tiempo y la tardanza de Missy. Había pensado que tal vez hubiera llamado a Natalie para pedirle otro fotógrafo. Eso sí que sería violento. Después, no podría volver a Nashville y mirar a la cara a sus amigas.

—¿Qué? —la voz de Ian le llegó hasta el salón, donde ella estaba sacando las cosas de las bolsas—. ¿Estás segura? No, por supuesto que no te echo la culpa. Quiero que el bebé y tú estéis a salvo. Eso es lo más importante. Habrá que cambiar la sesión para otro día.

Bree se quedó paralizada. Agradeció haber decidido que Amelia le reservara una habitación en un hotel cercano. Era peligroso regresar a Nashville con aquel tiempo. Miró por la ventana que daba al valle y lo único que vio fue el color blanco: ni coches, ni carreteras, ni árboles. Solo blanco.

Ian lanzó una maldición en voz alta que la sobresaltó. Se volvió hacia la cocina. Ian salió unos segundos después con los dientes apretados y las orejas rojas de ira. La miró y fue a decirle algo, pero lo pensó mejor. Se metió las manos en los bolsillos y lanzó un profundo suspiro.

—Missy no va a venir.

Bree ya se lo había imaginado.

—¿Qué ha pasado?

—Las carreteras están cortadas. Solo se puede circular por algunas con cadenas. Missy venía de Atlanta. Únicamente ha podido llegar hasta Maryville. A partir de ahí, les dicen a los conductores que no pueden seguir —negó con la cabeza—. Debiera haber esperado a que pudiéramos subir juntos.

Bree se mordió el labio inferior sin saber qué decir.

—Supongo que podremos programar la sesión para Nashville, si eso os resulta más fácil.

Él asintió mirando al suelo.

—Probablemente sea lo mejor.

Bree asintió. Sintió una confusa mezcla de emociones al volverse hacia el equipo para recogerlo.

Experimentó alivio por no tener que ver a su hermosa prometida ese día. En realidad, no tenía ganas de hacerles fotos mientras posaban juntos y sonreían a la cámara. Había esquivado la bala. Al llegar a Nashville le confesaría la verdad a Natalie. Lo mejor era que otra persona se encargara de las fotos e incluso de la lista de boda. Una cosa era ser profesional, y otra, masoquista.

Al mismo tiempo, no quería marcharse, ya que eso implicaría no volver a ver a Ian. Cuando la había abrazado fuera, había sentido un calor en el vientre que hacía mucho tiempo que no experimentaba. Quería que volviera a abrazarla y que la besara como hacía años que no la besaban.

Gimió para sí mientras cerraba una bolsa. Tal vez fuera masoquista. Estaba fantaseando con su ex, que estaba comprometido y que pronto sería padre. Con alguien con quien había roto porque no había podido soportar su repentino cambio. De la noche a la mañana había pasado de ser alguien que estudiaba música a ser un lameculos que trabajaba ochenta horas a la semana en una discográfica.

Estaba segura de que nada había cambiado. Él dirigía una discográfica de éxito. Que hubiera librado una semana para hacerse fotos no implicaba que se hubiera curado de su dolencia.

Se levantó y se echó la bolsa con la cámara al hombro. Iba a agarrar otra bolsa cuando oyó que alguien llamaba a la puerta.

Ian la miró con el ceño fruncido antes de abrir la puerta. Un hombre mayor, con gorra y una gruesa cazadora, se hallaba fuera.

Bree no oía lo que decían, por lo que se acercó.

–He ido pasando por todas las cabañas de la zona mientras me ha sido posible. Ahora todo está cortado. En la última gran tormenta de nieve, tardaron varios días en limpiar las carreteras. No podrán empezar hasta que no deje de nevar. Hay ya veinticinco centímetros de nieve y esperan que aumenten varios más antes de que se acabe. Llevo veinte años viviendo aquí y nunca había visto nada igual.

–Entonces, ¿no podemos marcharnos, Rick?

El hombre negó con la cabeza.

–Al menos en unos días. Patty ha llenado la cocina de provisiones y yo he añadido más leña al montón. Os durará hasta que podáis volver a Nashville.

Bree escuchó lo que el hombre decía, cuando Ian cerró la puerta, la miró expresión agónica. No podían marcharse. Y ella ni siquiera podía bajar la montaña para dormir en el hotel.

Bree agarró el mando a distancia y encendió la televisión para ver la previsión del tiempo. Seguro que lo sabrían mejor que el guardés. Apareció en pantalla el mapa del país y una mujer señaló los puntos más problemáticos.

–«Se está produciendo una inesperada nevada, producto de la fusión de dos tormentas menores. Esta noche se espera una ventisca que puede dejar hasta un metro de nieve. Las carreteras están cortadas y la policía ha pedido que nadie salga de casa».

A Bree comenzaron a temblarle las piernas y se dejó caer en el sillón que había detrás de ella. Estaba atrapada. Con Ian. Por tiempo indeterminado.

E Ian parecía cualquier cosa menos contento ante semejante perspectiva.

Capítulo Dos

Días… ¡Días sin poder marcharse de aquella casa con Briana Harper! ¿Qué había hecho Ian para merecer aquello? Tenía que haber hecho algo, ya que en los últimos meses todo le salía mal.

Con el ceño fruncido, miró el teléfono móvil, donde iban apareciendo sin parar avisos de cambios de citas. Después de enterarse de que estaban aislados por la nieve, Ian había llamado a su secretaria para pedirle que aplazara las citas hasta el martes, por si acaso.

Además del teléfono móvil, tenía el ordenador portátil, y en la cabaña había Internet, aunque estuviera atrapado en aquella casa con Bree, la cabaña era muy grande, y él, un hombre muy ocupado. Con doce habitaciones distribuidas en tres pisos, no tendrían que cruzarse muy a menudo.

Se inclinó hacia un lado en el taburete para echar una ojeada al salón, del que Bree había tomado posesión con su ordenador y su teléfono móvil, por el que había hecho varias llamadas. Él había intentado no oírla, pero era difícil. Había llamado a una tal Natalie; después, a Amelia. Habían hablado de trabajo, pero él seguía esperando oír su nombre.

Bree le había dicho que había guardado el secreto de su antigua relación, pero era indudable que, al haberse quedado aislada con él, se lo contaría a sus colegas. De todos modos, a Ian le parecía significativo que hubiera guardado el secreto, a no ser que él fuera para ella un recuerdo tan lejano como la música lo era para él.

Si era así, se alegraba por ella, ya que él no había tenido tanta suerte. Seguía pensando en ella, lo cual lo enfurecía. En ese momento estaría más contento si hubiera podido olvidarla. A veces, las complicaciones laborales conseguían que no pensara en ella, pero, cuando estaba sin hacer nada, volvían a acosarlo los mismos pensamientos

Bree había llamado a su madre y le había dejado un mensaje para que no se preocupara. No había llamado a su novio o a su esposo. Ian estaba seguro de que habría encontrado a un hombre que cumpliera los requisitos que ella exigía. Había muchos artistas para elegir. O era posible que hubiera madurado y se hubiera dado cuenta de que un artista no resultaba práctico a la hora de mantener a una familia.

Por último, Bree había llamado a una tal Julia en la Whitman Gallery para decirle que tendrían que cambiar la cita antes de la exposición.

Ian había estado varias veces en la galería. Hacían muchas exposiciones de artistas de Nashville. Era posible que Bree estuviera preparando una exposición allí, lo cual sería un gran paso para su carrera de fotógrafa. En la facultad había destacado en fotografía arquitectónica y de la Naturaleza. Hacía fotos de gente, pero no la hacía posar para un retrato. Le había dicho que le gustaba captar instantes genuinos.

¡Cómo habían cambiado las cosas!

Las fotos que iba sacarles a su prometida y a él eran lo menos genuino que cabía imaginarse. Pero Ian entendía que, a veces, el arte no daba para pagar las facturas a fin de mes, y la fotografía de bodas era un lucrativo negocio, como toda la industria relacionada con los enlaces matrimoniales.

El papeleo que le había llevado Missy después de reservar en la empresa de Bree y el depósito que había tenido que efectuar lo habían dejado sin habla. Solo en flores, la cifra ascendía a casi seis cifras.

Bree se levantó e Ian, rápidamente, dirigió la vista al ordenador. Trató de no prestarle atención cuando entró en la cocina y abrió la despensa.

—Te quedas helada en esa habitación tan grande. ¿Te importa que haga café? ¿Quieres una taza?

—Buena idea —el café que quedaba en el termo que había llevado en el viaje de ida hacía tiempo que se había enfriado.

Bree llenó la cafetera.

—Cuando hace tanto frío, necesito tomar algo caliente.

—Pues creo que tomaremos mucho café.

—He visto que en la despensa hay una infusión sin cafeína. Creo que me la tomaré a última hora de la tarde porque, si no, no podré dormir.

Ian pensó instantáneamente en las noches que la había mantenido despierta sin necesidad de cafeína. ¿Cuántas veces había faltado a la clase de inglés de las ocho de la mañana porque había perdido el sentido del tiempo en brazos de Bree?

Se fijó en la extraña expresión del rostro de ella.

—¿Qué?

—Te he preguntado si quieres leche y azúcar —replicó ella con una sonrisa.

—Sí, dos cucharaditas. Me gusta dulce.

Bree sacó dos tazas de un armario y se volvió hacia él mientras esperaba que el café estuviera listo.

—Sigues siendo goloso, ¿eh?

Él asintió al tiempo que recordaba todas las porquerías que tomaba en la facultad. Como todo estudiante universitario, consumía pizzas y comida china, pero, sobre todo, chocolatinas, galletas y refrescos, y, a veces, las tres cosas juntas.

—Funciono gracias al café y al azúcar. He intentado disminuir la cantidad que ingiero. Solo me tomo una chocolatina al día, y mi secretaria me ayuda porque las tiene bajo llave en su escritorio.

El aroma de café se extendió por la cocina. Bree sirvió dos tazas y dejó una de ellas al lado del ordenador de Ian antes de sentarse en el taburete al otro extremo de la mesa.

—Siempre he pensado que te casarías con una chef especialista en postres o en bombones. Pero creo que Missy no debe saber hacer ninguna de las dos cosas.

—No, por Dios —Ian rio—. No creo que haya encendido un horno en su vida. A los catorce años ya actuaba en público y a los diecisiete hizo una gira mundial. A los veinte comenzó a trabajar para mi discográfica. Sabe cómo ganarse a la audiencia, pero eso es todo.

Bree tomó un sorbo de café.

—Supongo que tampoco toma dulces.

—No come casi nada.

La comida era un tema de discusión constante en su relación. El entrenador personal de Missy la había convencido de que solo necesitaba tomar verdura y pescado. Si comía otra cosa, dejaría de ser una estrella del pop.

Cuando le dijo a Ian que estaba embarazada, él creyó que añadiría algún alimento más a su dieta, pero había sucedido lo contrario. Como sabía que había determinados tipos de pescado que no podía comer, se había hecho completamente vegetariana, en vez de averiguar qué podía y qué no podía comer. Había insistido en que por eso seguía teniendo el vientre liso en la portada de su último disco. Ian no sabía cómo iba a tomarse que, a partir de tercer trimestre, ni siquiera su estricta dieta le impediría ganar algunos kilos.

—Entonces, nunca seré una estrella del rock. Me gusta demasiado comer —dijo Bree sonriendo—. Y así estoy.

Ian enarcó una ceja. Aunque había intentado no mirarla, se había dado cuenta de que estaba muy bien.

—No sé de qué me hablas —apuntó tratando de

parecer sincero sin parecer interesado en su cuerpo–. Tienes un aspecto estupendo.

Bree sonrió al tiempo que se sonrojaba. Se colocó un mechón de cabello tras la oreja.

–Gracias, pero ambos sabemos que ya no tengo el cuerpo que tenía en la facultad.

–Menos mal. No creo que, por aquel entonces, hubiera sabido enfrentarme a curvas tan peligrosas.

Bree frunció la nariz.

–¿Antes también te dedicabas a halagarme de esa manera?

–Creo que sí, pero lo hacía con una canción. Ahora tengo que ser más directo. No tengo tiempo de andarme con rodeos.

Bree lo miró a los ojos durante unos segundos y él volvió a excitarse. ¿Qué hacía flirteando con ella? Se iba a casar y a ser padre. Debía centrarse en su relación con Missy, no en su pasado con Bree. ¿Cómo iba a olvidar que Bree lo había abandonado cuando estaba deprimido? ¿Cómo olvidar que le había ofrecido lo más parecido a una verdadera relación que había conocido, para después arrebatársela?

No sabía si deseaba besarla o decirle lo que pensaba. Ninguna de las dos cosas lo ayudaría. Recordó que, en la facultad, ella sabía cómo hacer que se sintiera inseguro. Por aquel entonces, aquello lo excitaba. En aquel momento, lo frustraba.

En ese aspecto, tenía que reconocer que sabía a qué atenerse con Missy: lo estaba utilizando para salvar su carrera. No había mucho amor entre ellos, al menos cuando no estaban frente a una cámara. No era lo que él se había imaginado que sucedería con la madre de su hijo, pero, al menos, entendía los términos de la relación. Bree era impredecible.

Volvió a mirar la pantalla del ordenador portátil y lo cerró.

—Será mejor que te enseñe la casa para que puedas instalarte.

Bree se levantó y se llevó la taza consigo mientras lo seguía al salón.

—Esta es la planta principal. Mi dormitorio está allí, debajo de la escalera —Ian señaló la buhardilla del piso superior y se dirigieron a la escalera—. Arriba hay dos dormitorios más y dos cuartos de baño, y otros dos dormitorios en la planta baja. Yo, en tu lugar, dormiría aquí arriba. Hace algo más de calor.

Bajaron de nuevo a la planta principal y, después, a la planta baja. Al final de la escalera había una amplia sala con televisión, una mesa para jugar a las cartas, una mesa de billar y una chimenea de piedra.

—Esta es la sala de juegos. Por esa puerta se sale a un jacuzzi.

Observó a Bree deambulando por la sala y asimilando cada detalle. Ella inspeccionó las habitaciones y miró por la ventana para ver el jacuzzi. El viento no empujaba la nieve en la dirección del patio, por lo que se estaría amontonando en la fachada de la casa y, a la mañana siguiente, les llegaría a la cintura.

–Es una casa preciosa, Ian –Bree se volvió desde la ventana y lo miró–. ¿Pasas mucho tiempo aquí?

–No tanto como quisiera. Mi madre y mi padrastro vienen de vez en cuando, al igual que mi hermanastro y su familia.

–¿Así que tu madre acabó casándose con Ned?

El padre de Ian se había marchado después de haberlo concebido. Cuando Ian estaba en la escuela secundaria, su madre había iniciado una relación seria con Ned, quien, a su vez, tenía un hijo unos años menor que Ian.

–Sí, se prometieron poco después de que tú… –Ian se calló.

Había estado a punto de decir «después de que me dejaras plantado», pero estaban obligados a pasar unos días juntos, por lo que no tenía sentido que se produjera un enfrentamiento entre ellos, al menos el primer día.

Bree frunció los labios porque sabía lo que había estado a punto de decir. Al cabo de unos segundos volvió a sonreír.

–¿Cómo están todos? A veces pienso en ellos.

¿Significaba eso que también pensaba en él? Él, desde luego, había seguido pensando en ella.

–Ned está a punto de jubilarse y mi madre trata de imaginarse qué hará cuando tenga que cuidarlo todo el día. Jay, el hijo de Ned, y su esposa acaban de tener su segundo hijo. Todos están bien. Hace tiempo que no los veo. He tenido mucho trabajo.

Bree asintió y se dirigió a la escalera.

–Pareces mi padre.

Ian captó el desagrado de su voz. Parecía que seguía teniendo problemas con su padre, un hombre que, cuando ellos estaban en la facultad, trabajaba veinte horas al día. Ian lo culpaba en parte del fracaso de su relación con su hija.

—¿Cómo están tus padres?

Bree subió las escaleras y se volvió a mirarlo.

—Mi padre se está recuperando del segundo infarto que ha sufrido en cinco años.

Ian sintió una opresión en el pecho. Bree lo había acusado de haberse convertido en un adicto al trabajo como su padre.

—¿Está bien?

—Sí, pero los médicos quieren que reduzca las horas de trabajo y que sea su socio quien dirija la empresa —Bree se echó a reír—. Eso probablemente lo mataría. Eso y la dieta que intentan que siga.

Ian se tiró, nervioso, del cuello del jersey, que de pronto lo oprimía. Recordó que los dulces, el café y el alcohol que consumía constantemente no constituían la dieta recomendada por un médico.

—Me alegro de que esté bien. ¿Ha vuelto a trabajar ya?

—Sí, lo hizo el día en que le dieron el alta, aunque me figuro que, antes, había hecho algo desde casa. Mi madre se divorció de él el año pasado. Mi padre dice que le resulta muy duro estar solo en casa con la asistenta. Me resulta paradójico, ya que así fue como pasé yo casi toda mi infancia. Pero su trabajo es muy importante para él. Ha sacrificado su salud y a su familia por él. Sería una pena que también perdiera la empresa, ya que es lo único que le queda. Harías bien en aprender de sus errores.

Las palabras le habían salido sin poder evitarlo. No había sido muy educada, aparte de que no era asunto suyo. Pero, si Ian iba a formar una familia, debía saber el precio que pagaría por su adicción al trabajo y lo que supondría para su hijo.

Él frunció el ceño y dejó la taza en la mesa.

—¿A qué te refieres?

Bree lanzó un profundo suspiro y se encogió de hombros.

—Ya sabes las horas que trabajas, Ian. Probablemente más que en la facultad, cuando te olvidabas de mi cumpleaños y me dejabas sola todas las noches.

Él se cruzó de brazos.

—¿Sigues enfadada porque me olvidé de tu cumpleaños? Me disculpé un montón de veces.

—También mi padre lo hacía. Se disculpaba y me regalaba algo caro para compensarme, y al año siguiente volvía a hacer lo mismo. Esa es la cuestión. Puedes matarte trabajando, como hace mi padre. Es lo que ha elegido y es lo que has elegido. Pero no cuando tienes familia. Las cosas están a punto de cambiar para ti. No puedes trabajar tanto cuando en casa te espera un niño que no entiende por qué nunca estás con él.

—¿Desde cuándo sabes lo que hago, Bree? Hace nueve años que saliste de mi vida.

Era una forma interesante de considerar cómo

había terminado su relación. Ella lo interpretaba de manera totalmente distinta. Bree puso los brazos en jarras y se preparó para el enfrentamiento. En cuanto supo que tendría que ver a Ian le preocupó que pudiera llegar ese momento. La presencia de su prometida hubiese impedido que se manifestaran antiguos resentimientos, pero ¿que pasaría al estar solos? Había llegado el momento de tener la pelea que nunca habían tenido.

—¿Cuánto tardaste en darte cuenta de que me había ido? ¿Una semana?, ¿dos?

Ian apretó los dientes tratando de tragarse las palabras que llevaba un rato reprimiendo.

—Me di cuenta, Bree. Me di cuenta de que la mujer a la que creía amar me había dado la espalda cuando estaba en uno de los peores momentos de mi vida.

—No te di la espalda. Fuiste tú quien cambiaste de vida y me excluiste. De pronto, lo único que te importaba era trabajar en la compañía discográfica y no tenías tiempo para nada más. Te olvidaste de mi cumpleaños y me diste plantón cuando habíamos quedado para ir a bailar. Dos veces te estuve esperando en un restaurante y no apareciste. Te hice un favor para que no te sintieras culpable: si me iba, no te sentirías mal por no prestarme atención.

—Muchas gracias. Estoy seguro de que solo pensabas en mí cuando te marchaste. Cambié de vida porque me esforzaba por hallar mi lugar en el mundo, Bree. No te diste cuenta de la suerte que tenías. Eras una fotógrafa con talento que sabía que tendría éxito. Yo tuve que enfrentarme a la triste verdad de que mi música no era buena. Yo no era lo suficientemente bueno. ¿Sabes lo que me dolió cuando mi tutor me lo dijo?

Bree había supuesto que lo estaba pasando mal, pero nunca se lo había dicho. Era como una locomotora que hubiese cambiado de vía y siguiera por ella a toda velocidad. Había comenzado a trabajar en la discográfica, había dejado la universidad y se había alejado a mil por hora.

–¿Cómo iba a saberlo si no me lo contabas? Nunca hablabas de nada importante conmigo ni me hiciste partícipe de tus sentimientos. Los reservabas para tus canciones. Y cuando renunciaste a la música, te encerraste en ti mismo y te dedicaste a trabajar.

Bree observó que parte de la ira de él se evaporaba. Relajó los hombros y la mandíbula al tiempo que negaba con la cabeza.

–No traté de excluirte, Bree. Simplemente, no sabía cómo contártelo. No sabía cómo manejar lo que me sucedía.

–Me pareció que, poco a poco, te estaba perdiendo, como la arena que se escurre entre los dedos. Al principio creí que el trabajo en la discográfica te ayudaría, pero se apoderó de tu vida. Dejaste la facultad, abandonaste el campus y no respondías a mis llamadas. El Ian al que había amado desapareció. Estabas distraído y me tratabas con desdén. Me parecía que ya no te importaba.

Ian se pasó la mano por el cabello y, de pronto, sus ojos reflejaron el dolor de aquella época.

–Sí –reconoció– me sumergí en aquel trabajo, pero intentaba encontrar qué hacer con mi vida. El sueño de ser músico se había evaporado, pero trabajar en la discográfica al menos me permitía seguir relacionándome con la industria musical. No es un negocio fácil. Sí, trabajaba muchas horas, pero era lo que me exigían. Uno de mis profesores me consiguió el empleo, por lo que no quería decepcionarlo. Sobre todo cuando había una cola de chavales esperando que metiera la pata para ocupar mi puesto. Así que puse en él toda la energía que había dedicado a la música. Y tuve éxito. A los veinticinco años pude independizarme y crear mi propia compañía.

–Deberías estar orgulloso.

Él se encogió de hombros.

–Supongo que sí. No fue un camino fácil, pero lo hice. Hubiera sido mucho más fácil contigo a mi lado.

–Sé que eso es lo que crees, pero probablemente no sea verdad. Yo hubiera supuesto una distracción. Nunca hubiera llegado adonde estás con alguien exigiendo que le dedicaras tiempo. Además, al final fue lo mejor, ¿no? Tienes tu empresa, a tu prometida, un hijo de camino… La vida te ha dado lo que te merecías.

Ian entrecerró los ojos y dio un paso hacia ella.

–¿Lo crees de verdad? ¿No lamentas cómo acabaron las cosas entre nosotros?

Bree frunció el ceño y retrocedió un paso.

–Claro que sí. Las rupturas existen y a veces son muy tristes, pero ahora estás contento con la vida que llevas, ¿no?

–A juzgar por lo que se lee en las revistas, así es. Al menos, debiera estarlo. Me voy a casar con una de las mujeres más atractivas del mundo, vamos a tener un hijo precioso y mis negocios van mejor que nunca.

Bree lo miró y se dio cuenta de que no era feliz en absoluto. Y la apenó constatarlo. Con independencia de lo que hubiera sucedido entre ellos, quería que fuera feliz.

–Entonces, ¿cuál es el problema?

Él dio otro paso hacia ella, dominándola con su altura al aproximársele.

–¿El problema? –sonrió con amargura–. En primer lugar, no estoy enamorado de Missy; ni siquiera me atrae. Es una larga y sórdida historia con la que no voy a aburrirte, pero, resumiendo, ella es egoísta y caprichosa. No le importo nada, a no ser que haya una cámara cerca. En segundo lugar, es la peor mujer que podía habar elegido para formar una familia. Ya estoy entrevistando a niñeras, porque sé que una de ellas criará a nuestro hijo.

Ian se inclinó hacia Bree.

–Y para colmo, aquí estoy, atrapado en una cabaña contigo, una mujer que en otra época me quiso y que hubiera sido una esposa y una madre excelentes. Alguien que me aceleraba el pulso solo con rozarme.

Bree tomó aire con dificultad cuando él le apartó el cabello del rostro. Se puso tensa y se le hizo un nudo en el estómago que fue aumentando de tamaño según él seguía hablando.

—Alguien que todavía hace que mi cuerpo entero la desee al recordar cómo hacíamos el amor —susurró mirándole la boca.

Le acarició la mejilla y ella cerró los ojos para disfrutar más de la caricia, cuya calidez le aceleró el pulso como no le había sucedido en mucho tiempo. Respiró hondo y abrió lo ojos, justo cuando él le rozaba los labios con el pulgar.

¿Iba a besarla? Sería un error, pero era en lo único en que podía pensar, lo único que deseaba.

—Y no puedo hacer nada al respecto —Ian se apartó de ella y retrocedió varios pasos, como si tocarla hubiera estado a punto de quemarlo.

A Bree le temblaban las piernas. Se irguió, se tiró nerviosa del jersey y se echó el cabello sobre el hombro.

¿En qué demonios pensaba? Había estado a punto de derretirse en los brazos del prometido de otra mujer.

Bree respiró hondo y procuró recuperar la compostura.

—Siento que tu relación no sea ideal —afirmó en tono formal y despegado.

Ian la examinó el rostro antes de responder.

—Yo también lo siento —dijo antes de darse la vuelta y dirigirse a otra habitación.

Capítulo Tres

–Gretchen, he cometido un grave error.

Bree se había apresurado a ir a su habitación tras su encuentro con Ian. Necesitaba espacio para aclarar sus pensamientos.

Había subido las bolsas y elegido la habitación con vistas al valle. La enorme cama con dosel tenía cortinas de seda para cerrarlas, si así lo deseaba.

No era mala idea. La habitación era lujosa y amplia. Tal vez debiera construirse un capullo de seda y esperar a que la nieve se fundiera.

Una vez cerrada la puerta, agarró el teléfono móvil y llamó a Gretchen, una de sus socias y amigas. Quería desahogarse con alguien que la escuchara y después la animara, y esa era Gretchen, la calígrafa y diseñadora de las invitaciones y el programa de boda.

–Me han dicho que te has quedado aislada por la nieve en una casa de montaña de un millón de dólares. Te compadezco.

–¿No te ha dicho Amelia que me he quedado aislada con el novio?

–Sí, me lo ha dicho. ¿Acaso importa? ¿Es repelente?, ¿o un imbécil?

Bree titubeó.

—No, no es repelente, pero es mi ex de la facultad.

—¿Cómo? —la voz aguda de Gretchen estuvo a punto de salir del teléfono.

—Shhh —no quería que sus gritos atrajeran la atención de las demás—. Nadie debe saberlo, ¿de acuerdo? Sobre todo, Natalie. Se volvería loca

—¿Por eso te mostraste tan interesada en la boda de Missy Kline, el lunes pasado?

Bree frunció el ceño.

—Me pilló desprevenida que Ian se fuera a casar. Y con Missy Kline, ni más ni menos.

—Así que ahora estáis obligados a estar juntos. ¿Qué pasa que no me cuentas? Pareces muy nerviosa. Ese tipo va a casarse con Missy Kline. No debieras tener problemas, a pesar de vuestro pasado compartido. Espera… No lo habrás tentado con tus gastadas zapatillas deportivas Converse y tu cola de caballo mal hecha, ¿verdad?

—Cállate —ya bastante mal se sentía comparándose con Missy sin la ayuda de Gretchen—. No nos separamos como amigos, y estar juntos después de tanto tiempo…

—No te levantes las costras.

—¿A qué te refieres?

—No sé lo que pasaría entre vosotros, pero como hace ocho años que te conozco y nunca te he oído hablar de ese tipo, supongo que estás hurgando en una vieja herida que debiera haber cicatrizado hace tiempo. No sigas haciéndolo o se te volverá a abrir. No es buena idea si estáis atrapados en esa casa. ¿Qué bien va a hacerte remover el pasado?

Gretchen tenía razón. Nada de lo que Bree dijera o hiciera ese fin de semana cambiaría las cosas. Cuando la nieve se fundiera, volvería a Nashville y retomaría el trabajo. Ian haría otro tanto. Aunque no se apresurara a volver a su hogar para reunirse con el amor de su vida, iría a su hogar a hacerlo con Missy y el bebé. No le cabía duda alguna.

En la facultad había tardado meses en conseguir que Ian le contara algo de su familia. No le gustaba hablar de su vida privada. Le resultaba más fácil comunicarse a través de la música, y de ese modo no se le podían hacer preguntas. Probablemente le gustara que fuera así.

Pero Bree había acabado por hacerle ceder. Ian le había contado que su padre se había largado después de dejar embarazada a su madre, y Bree nunca olvidaría el dolor de ser rechazado que apareció en sus ojos. Aunque en realidad no tenía nada que ver con él, le había dicho que, en el fondo de su corazón, siempre había creído que no era lo bastante bueno para que su padre decidiera quedarse.

Su tutor universitario le había dicho lo mismo sobre su talento para la música, lo cual le había dolido como una puñalada. Se hallaba indefenso ante el ataque. E Ian había creído a su tutor porque ya estaba convencido de que no tenía talento suficiente. Nada de lo que Bree hubiera podido hacer o decir habría cambiado su sentimiento de inferioridad de casi veinte años.

Y nada de lo que ocurriera ese fin de semana le cambiaría el curso de la vida. Él no haría lo mismo con su hijo, a pesar de que el estar con Missy lo frustraba y desesperaba.

—Ningún bien, desde luego —respondió Bree a Gretchen.

—Entonces, navega el barco como si estuvieras en un mar repleto de icebergs. Mantén los ojos abiertos y evita una colisión. Al final llegarás a puerto de una pieza.

—Sí —replicó Bree sin mucho convencimiento.

Gretchen suspiró.

—¿Te sigue atrayendo?

Bree se irritó.

—¿Qué? ¿Qué si me sigue atrayendo? Claro que no, pero él sigue siendo… Sí —reconoció por fin—. Porque soy idiota.

Se seguía sintiendo atraída por él, pero no debiera ser así. Era ridículo. Se le había despertado el deseo en cuanto lo había visto. Y ninguno de los hombres con los que había salido durante esos años había conseguido que se le despertara con la misma intensidad. Le resultaba muy frustrante que el cuerpo la traicionara, sobre todo cuando Ian estaba fuera de su alcance.

Era como si su cuerpo lo recordara. Nueve años no habían servido para borrar la huella que había dejado en ella. Bastaba con que la hubiera rozado para que se derritiera entre sus manos y deseara que la besara, sin hacer caso de su prometida, incapaz de subir la montaña.

—No eres idiota, solo necesitas darte un revolcón.

Bree se quedó sin respiración.

—¿Perdona?

—Después de Navidad, has trabajado mucho en la exposición y en las sesiones de fotos, sin tiempo para divertirte. Y hace mucho que no hablas de ninguna cita. Tal vez debieras tratar de concertar una en Internet. Te relajaría.

No era mala idea. Llegar a casa de Ian tras meses de celibato la había puesto en desventaja.

—Puede que tengas razón. Si intento pasar desapercibida, saldré de esta —ni siquiera se lo creyó al decirlo. Se sentía fatal y solo habían pasado… Miró el reloj: seis horas. Seis horas, e Ian había conseguido ponerle los nervios de punta. ¿Qué pasaría al cabo de unos días?

—Recuerda —dijo Gretchen imitando a Natalie—, actúa con profesionalidad y con clase.

—Sí —Bree se rio con desdén—. Lo haré. Te llamaré más tarde.

Colgó y se tumbó en la cama. Cerró los ojos, pero se sobresaltó al aparecérsele la imagen de Ian inclinado sobre ella.

Se sentó bruscamente en la cama. ¡Eso era! Iba a encerrarse en la habitación. Sacó un libro de una de las bolsas y lo dejó al lado de la cama. Fue a explorar el gran cuarto de baño y decidió darse un largo baño caliente y leer el libro. Leyendo siempre conseguía evadirse, lo cual sería una excelente distracción para no pensar en Ian.

Sintió que le rugían las tripas.

Así que lo de encerrarse en la habitación… Llevaba media hora y estaba muerta de hambre. De camino allí se había detenido a tomar un tentempié, que había digerido hacía ya tiempo. Solo podía distraerse deshaciendo la bolsa de viaje y colocando los artículos de cosmética e higiene en el cuarto de baño, pero eso solo la entretendría unos minutos.

Necesitaba comer. Y, sobre todo, tenía que dejar de reaccionar ante Ian. Tal vez, cuanto más tiempo pasaran juntos, más fácil le resultaría. En cualquier caso, debía reconocer lo inevitable: al final, tendría que bajar y enfrentarse a él.

–Me muero de hambre.

Ian alzó la vista del ordenador portátil y vio a Bree en la cocina rebuscando en los armarios. Llevaba una hora sin verla y centrado en el trabajo. Después de lo ocurrido aquella tarde, le había parecido lo mejor. No estaba seguro de lo que le había pasado. Primero estaba enfadado con ella y, segundos después, deseaba acariciarla.

Las relaciones no eran su fuerte. Había tenido muy pocas. Solo había estado enamorado una vez, de Bree. Después, salir con mujeres no le importaba tanto como trabajar, y las emociones no intervenían en el proceso. Pero nunca había sido infiel a una mujer. No estaba hecho así. Además, normalmente estaba demasiado ocupado para hacer feliz a una sola mujer, así que a dos o a tres…

Pero en aquel momento se sintió tentado. ¿Cuántas veces, a lo largo de los años, había pensado en dónde estaría Bree y qué haría? Y de repente, casi le había caído sobre el regazo por un giro del destino y de la meteorología.

El tiempo se había portado bien con ella. La observó mientras abría los armarios y se desplazaba por la cocina. Era tan hermosa como la recordaba. Y, a diferencia de Missy, no se había pasado horas peinándose y maquillándose. Seguía teniendo largo el rubio cabello, que llevaba recogido en un moño mal hecho. Sus ojos azules brillaban igual. Las pecas de la nariz le habían desaparecido, pero seguía teniendo la misma sonrisa encantadora.

Parecía casi la misma que cuando había sido suya, y le resultaba difícil aceptar que ya no lo fuera. Cuando le había acariciado los labios, ella los había abierto de forma seductora, como si le rogaran que la besara. Y él lo había deseado, tanto...

Por eso se había apartado de ella, y debía seguir haciéndolo.

Alejó de sí esos pensamientos que no conducían a ningún sitio y miró el reloj. Eran más de las cinco. Comer era buena idea. Bree había terminado de buscar comida en la nevera.

–Champán, fresas, espinacas, queso *brie*... Perfecto si tienes invitados a tomar una copa –su rubia cabeza apareció por encima de la puerta del frigorífico y lo miró–. ¿No tienes lo necesario para preparar una hamburguesa?

Él negó con la cabeza.

–No, lo siento. Missy no come carne roja y dice que, desde que está embarazada, la pone enferma verme comerla.

—¿Te apetece una sopa y un sándwich de queso a la plancha?

Ian enarcó las cejas con expresión de curiosidad.

—¿Te estás ofreciendo a preparar la cena?

La Bree que conocía no era una experta cocinera. Claro que vivir en una residencia de estudiantes no se prestaba al arte culinario.

Ella se encogió de hombros, agarró un trozo de gruyere de la nevera y lo dejó en la encimera.

—Uno de los dos tendrá que hacerlo, a no ser que tengas a un chef escondido por ahí.

Él rio.

—No. Aquí no tengo ninguna clase de empleados. Me gusta que todo sea informal.

—¿Los tienes en tu casa? —preguntó ella mientras cortaba el queso en lonchas sobre la tabla de cortar.

—Solo tengo a Winnie. Ella es… Bueno, en realidad, la pago para que actúe como si fuera mi esposa.

Bree dejó de cortar y lo miró.

—¿Te importa explicarme eso?

—Se ocupa de todo para que yo me centre en el trabajo. Limpia la casa, compra la comida, cocina, lava la ropa y la recoge de la tintorería. Hace todo lo que hace una esposa que es ama de casa. No sé qué haría sin ella.

Bree sacó una sartén y una cacerola y las puso al fuego.

—Parece una mujer muy útil.

—Lo es. Voy a echarla de menos cuando Missy se mude a vivir conmigo.

—¿Por qué vas a dejarla ir?

—Missy es especial. Tiene sus propios empleados: un ama de llaves, un cocinero, un entrenador personal y una secretaria. Ha insistido en que no hace falta que Winnie siga en casa cuando ella se mude con todo el personal. Cuando añadamos la niñera, será demasiada gente. Detesto tener que despedir a Winnie. Le daré una buena indemnización e intentaré buscarle un nuevo empleo.

Ian no mencionó que Winnie se había sentido aliviada al saber que la iba a despedir. A él le daba la impresión de que no quería atender a la princesa del pop.

Observó a Bree preparando la cena. La sopa de tomate ya hervía y los sándwiches de queso se tostaban en la sartén. Ella les dio la vuelta con un hábil movimiento y los sirvió en los platos. El queso gruyere se derramaba por los lados del pan tostado. Bree sirvió la sopa en dos cuencos y los puso al lado de los sándwiches.

—Puede que no sea una comida muy exquisita, como exigiría esta espléndida cocina, pero no se me ocurre que pueda haber nada mejor para un día frío en la montaña.

Ian tomó los platos y los llevó al comedor.

—Estoy de acuerdo. Huele de maravilla. Creo que no he vuelto a tomar sopa de tomate desde que era un niño.

—¿En serio? ¿Por qué estaba en la despensa?

Él se encogió de hombros y dejó los platos en la mesa, cerca de la chimenea.

—Probablemente sobró la pasada Navidad, cuando mi hermanastro estuvo aquí con sus hijos.

Se sentaron juntos. La chimenea ardía a su lado y, por la ventana, se veía el valle. La nieve seguía cayendo con fuerza.

Ian dio un mordisco al sándwich y lanzó un gemido. Era el mejor sándwich a la plancha que había probado.

—Está buenísimo —afirmó.

—Gracias —respondió ella antes de llevarse a la boca, con precaución, una cucharada de sopa caliente—. No cocino mucho. Amelia ni siquiera me deja que la ayude en la cocina.

—¿Quién es Amelia?

—Una de mis socias en la empresa. Es la que se encarga de la comida. Te aseguro que hubieras preferido quedarte aislado con ella. Es una cocinera de primera.

Ian lo dudaba. Prefería mil veces la compañía de Bree y un sándwich de queso.

—¿Te dedicas a la fotografía de bodas a tiempo completo o te queda algo para dedicarlo a la fotografía artística, como la que hacías en la facultad?

Ella sonrió.

—Me sigo dedicando a ella. He realizado una serie en blanco y negro que se llama «El otro lado de Nashville», en la que he querido mostrar partes de la ciudad en las que la gente no suele pensar. En ellas no hay música country ni botas de vaquero, sino una serie de sitios que me encantan y gente representativa del americano medio.

Esa era la Bree que él recordaba, la que odiaba que la gente posara.

—¿Vas a exponer? Te he oído hablar por teléfono con alguien de la Whitman Gallery.

—Sí —ella se apartó un mechón del rostro y se lo colocó detrás de la oreja—. Dentro de dos domingos. Mañana tenía la última reunión con la comisaria de la exposición, pero he tenido que posponerla. Nos reuniremos en cuanto vuelva a Nashville.

—¿Es tu primera exposición en la galería?

—Es mi primera exposición desde mi época de estudiante. Y las que hice entonces no cuentan. Durante los años posteriores a la creación de la empresa, no pude centrarme en la fotografía. Aunque cada una de nosotras estaba especializada en una cosa, tuvimos que remangarnos y hacerlo todo, desde poner sillas a barrer suelos. Durante un tiempo no pudimos permitirnos contratar a nadie. Si no estaba haciendo fotos, tenía otro millón de cosas que hacer. El año pasado, eso cambió. Y fue entonces cuando comencé la nueva serie.

A Ian le gustó su ética del trabajo. Cuando comenzó a trabajar en la discográfica hizo de todo: repartir el correo, tirar la basura, llevar agua a los cantantes… Todo lo que le pidieran. Era lo que había que hacer.

—Háblame del negocio que habéis montado. A juzgar por lo que dices y por el presupuesto que me habéis mandado, diría que os va muy bien.

Bree se echó a reír.

—No todas las bodas son como la tuya. Tenemos desde parejas que se gastan un millón de dólares a otras que se casan en su jardín, solo con sus padres de invitados. Hacemos realidad lo que deseen los novios.

—¿Cómo empezaste?

—Conocí a mis socias cuando me mudé a Utah. En el último año de carrera, mientras tratábamos de decidir qué haríamos con nuestras vidas, a una se le ocurrió lo de organizar bodas. Una amiga suya se iba a casar y se había quejado de lo difícil que era encontrar un sitio para hacerlo que no fuera una iglesia o un lugar decorado de forma chabacana. Nos pasamos meses elaborando un plan de trabajo y buscando posibles inversores.

—Supongo que no sería barato despegar.

—No. A pesar de que todas pusimos algo de dinero, que a mí me lo dio mi padre, estamos hasta arriba de deudas. Los costes iniciales fueron astronómicos, ya que tuvimos que comprar una serie de cosas que usaríamos a lo largo de los años, como mesas, sillas… Pero una vez compradas, ya las tienes, y los gastos han ido disminuyendo con el tiempo. Como te he dicho, tuvimos que trabajar mucho durante unos años, pero hemos tenido beneficios todos los años. Tardaremos años en pagar la sede de la empresa, pero así es este negocio.

—¿La comprasteis y la acondicionasteis?

—No, compramos un terreno y construimos exactamente lo que deseábamos. Natalie tenía una idea clara de lo que quería y no había nada mínimamente parecido en el mercado. Que mi padre trabajara en la construcción fue de mucha ayuda. Ese año lo vi más que en todos lo años anteriores.

Ian captó un leve tono de amargura en su voz. Bree sabía lo que era ser hija de un hombre muy ocupado. Él nunca le haría eso a su hijo, y por ello no se había casado ni había tenido descendencia. Dejar a Missy embarazada había sido un error. Y seguiría pensando lo mismo hasta que no tuviera al bebé en sus brazos.

–¿Te importaría contarme qué pasa entre la estrella del pop y tú? No parece que estéis viviendo el cuento de hadas del que hablan las revistas.

Ian suspiró.

–¿Por qué no seguimos hablando de fotografía? Es menos deprimente.

Bree dejó la cuchara en la mesa y se cruzó de brazos.

–Vamos, Ian, por lo que me has dicho antes, se diría que necesitas a alguien con quien poder hablar.

Él se metió el último trozo de sándwich en la boca y se levantó.

–Voy primero a por vino –dijo al tiempo que llevaba el plato y el cuenco a la cocina. Abrió la nevera y examinó las botellas. Un *chardonnay* de 1993 serviría–. ¿Quieres una copa?

–Por supuesto –dijo ella, que lo había seguido. Metió el plato y el cuenco en el lavaplatos. Cuando se dio la vuelta, él ya había servido dos generosas copas y le tendía una.

–Muy bien, Missy yo –dijo él mientras daba un

sorbo y volvía al comedor. Se sentó en un gran sillón de cuero frente a la chimenea–. En realidad, nunca hemos sido Missy y yo. Ella firmó con mi discográfica hace tres años. Fue uno de los primeros cantantes que lo hizo. Estaba a punto de hacerse muy famosa, por lo que la conseguí justo a tiempo. He ganado una fortuna con ella, debo reconocerlo, pero ha sido una persona muy difícil desde el principio.

Hizo una pausa para mirar a Bree, que estaba acurrucada en el sillón que había al otro lado de la chimenea y lo escuchaba con atención. Era fácil hablar con ella. Siempre lo había sido. Cuánto la había echado de menos. Llevaba mucho tiempo sin tener una conversación larga e interesante que no fuera de negocios.

–Su contrato terminó con el último álbum, que no funcionó bien. Yo no estaba contento, pero a ella no le interesaban las opiniones ajenas. Hasta que no le dije a su mánager que no le renovaría el contrato, ella no se dio por vencida. De pronto, todo fueron sonrisas.

Eso hubiera debido darle la primera pista.

–Una noche vino cuando no quedaba nadie en la discográfica salvo yo. Eran más de las nueve. Había comprado *sushi* y una botella de *sake*. Me dijo que era para que firmáramos la paz. Mientras comíamos, se disculpó por su comportamiento. Estuvo muy atenta y amable y, antes de que me diera cuenta, nos habíamos bebido la botella de *sake* y ella estaba en mis brazos.

—Es más lista de lo que parece —dijo Bree.

—Tiene talento para los negocios, eso seguro, y creo que nuestra relación solo es un negocio para ella. De hecho, ha vendido todos sus momentos a la prensa. Para mí, ha sido un error del que no he podido librarme. Una noche, mientras cenábamos, estaba decidido a romper con ella. Estaba a punto de decírselo cuando ella afirmó que me iba a hacer un regalo. Envuelta en una caja, con un lazo, estaba la prueba de embarazo.

—¡Vaya! —exclamó Bree.

—No sé cómo ocurrió, ya que había tomado precauciones. Supongo que recuerdas mi empeño en utilizar protección. Pero, como dice Missy, estaba predestinado. Así que nos vamos a casar.

Bree le examinó el rostro, que iluminaban y ensombrecían las llamas de la chimenea.

—Ya sabes que no tienes que casarte. Puede formar parte de la vida de tu hijo sin casarte con la madre.

Ian negó con la cabeza de forma vehemente.

—No tengo más remedio, Bree. Aunque mantenga económicamente al niño y pase con él todo el tiempo que pueda, no sería lo mismo. Quiero hacer lo correcto con mi hijo. No voy a ser como mi padre y a eludir mis responsabilidades.

—¿Qué familia feliz vas a formar si no quieres a la madre?

Ian se bebió el resto del vino de un trago.

—Missy va a tener un hijo mío y nos vamos a casar. Y punto.

Capítulo Cuatro

—Internet no funciona.

Bree estaba admirando las vigas de madera del techo abovedado cuando Ian se lo dijo. Al ponerse el sol, había decidido que se había acabado seguir preocupándose por el trabajo y las circunstancias en que se hallaba. Iba a obtener el máximo partido de la situación. Había sacado la cámara y comenzado a hacer fotos de los hermosos detalles de la cabaña. La artesanía que mostraba el lugar era increíble.

Bree se volvió hacia Ian, que comprobaba el *router* y gruñía. Desde el otro lado de la habitación, ella vio que las luces no parpadeaban.

—Pues hace un rato funcionaba.

Vio que se él levantaba y se dirigía al teléfono. Lo descolgó, escuchó durante unos segundos y colgó soltando una maldición.

—El teléfono no funciona.

—Al menos seguimos teniendo los teléfonos móviles —dijo ella con optimismo—. Y corriente eléctrica.

Iba a proponer a Ian que metieran más leña para la chimenea, por si acaso se iba la luz por la noche.

Ian la miró. Se sentía mucho menos optimista que ella. Volvió adonde estaba el ordenador. Bree siguió haciendo fotos de la repisa tallada a mano de la chimenea y del cuadro que había sobre ella.

Al cabo de unos segundos, Ian gritó.

—¡No puede ser!

—¿Qué pasa?

Ian respiró hondo y lanzó el teléfono móvil a la encimera.

—No hay cobertura ni 4G ni nada. Lleva una hora sin sonar, pero había pensado que, tal vez, las cosas estuvieran tranquilas en el despacho. ¿Funciona el tuyo?

Bree lo sacó del bolso.

—No tengo cobertura —le confirmó después de mirar la pantalla.

—¿Y 4G?

Ella negó con la cabeza.

—No es un teléfono móvil inteligente. Es de 2003. No tiene juegos, ni aplicaciones, ni Internet. Tengo la suerte de que tenga cámara, aunque nunca sacaría una foto con ella. Es de una calidad terrible.

Ian la miró como si, de pronto, le hubiera surgido una segunda cabeza.

—¿Lo dices en serio?

—Sí. Y tengo este porque Natalie insistió, ya que quería poder localizarme durante el trabajo. De hecho, era de ella.

—Tienes un teléfono sin Internet. Ni siquiera tiene teclado, ¿verdad?

—No, pero no me importa, ya que no mando mensajes.

Ian se pasó la mano por la cabeza.

—¿De qué planeta vienes? Creo que eres la única persona menor de setenta años que conozco que no tiene un teléfono capaz de conectarse a Internet.

Bree se puso a la defensiva y frunció el ceño mientras volvía a meter el aparato en el bolso.

—Me gusta la tranquilidad de no estar conectada, de no estar localizable a cada segundo. A veces lo apago y me olvido de encenderlo durante varios días.

Observó que Ian la miraba horrorizado.

—Mira, cuando voy al bosque a hacer fotos me gusta oír el canto de los pájaros y el agua corriendo entre las piedras. Veo a la gente con el teléfono móvil y es como una adicción. Tienen que consultarlo constantemente, aunque estén con otras personas o con amigos. ¿Quién no hace caso a sus verdaderos amigos para mandar mensajes estúpidos a sus amigos del ciberespacio? Todo el mundo. Trabajo con un ordenador porque tengo que hacerlo, pero, cuando puedo, prefiero no estar conectada.

Ian se cruzó de brazos y negó con la cabeza, perplejo.

—Pues, enhorabuena. Has venido al sitio indicado. Para mí, en cambio, es como si me hubieran cortado el brazo derecho. ¿Cómo voy a hacer nada sin el teléfono móvil y sin Internet?

Bree dejó la cámara en la mesa de centro y se le

acercó. Estaba tenso y nervioso. Le puso las manos en los hombros para que se quedara quieto.

—Tranquilízate. Apaga el ordenador. De todos modos, son más de las nueve de la noche, por lo que no tienes que trabajar.

Sintió que los músculos masculinos se relajaban bajo sus manos. Ian miró a su alrededor como si estuviera perdido.

—Entonces, ¿qué voy a hacer?

Ella se encogió de hombros.

—Lo que quieras: ver la televisión, escuchar música, leer, hablar conmigo, jugar al billar en el piso de abajo… Disfruta de esta casa por la que sin duda has pagado una fortuna.

Él no pareció muy convencido.

—Yo creo —añadió ella— que me voy a dar un baño en el jacuzzi y a leer una novela que compré la semana pasada.

Ian rio.

—¡No me digas que tampoco tienes un libro electrónico!

—¡No! —contestó ella riéndose a su vez y quitándole las manos de los hombros.

Al tocarlo se sentía más cómoda de lo que debiera. Cuando le había sonreído, le hubiera resultado muy fácil inclinarse y apoyar la cabeza en su hombro. ¿Por qué no dejaba de recordar que era ella la que había roto con él? Y por un buen motivo, un motivo que seguía siendo válido, a juzgar por lo mucho que lo había afectado no tener acceso a Internet.

—Tal vez esté chapada a la antigua, pero me gusta el olor de las páginas y de la tinta. Me gusta sentir el peso del libro en las manos y la textura del papel en los dedos. Pero tengo una cámara digital.

Solo hacía tres meses que la tenía y seguía prefiriendo su vieja cámara, pero se estaba acostumbrando a ella. Le gustaba poder hacer todas las fotos que quisiera sin preocuparse de malgastar la película, cada vez más cara y difícil de hallar.

—Eso para mí es el progreso —añadió.

Estar bromeando al menos había servido para que, por fin, Ian se relajase un poco. Parecía que tomarle el pelo a Bree lo serenaba. Daba igual, con tal que de que los ayudara a pasar el tiempo los días siguientes. Si él se burlaba de ella, tal vez ella no se fijara en sus labios ni en la forma en que sus ojos verdes esmeralda la miraban cuando él creía que no lo miraba.

—¿Te vas a ir a leer y vas a dejarme aquí sin nada que hacer?

Parecía un niño solitario. Ella decidió que el libro podía esperar.

—¿Tienes algún juego? ¿Una baraja?

Ian se encogió de hombros.

—Ni idea. Puede que mi familia haya traído algunos. Normalmente estoy solo aquí, por lo que no juego, salvo con el iPad.

Bree se dirigió al armario que había al lado de la escalera.

—A ver qué encuentro. Un Scrabble nos ayudaría a pasar el tiempo.

Abrió el armario y encendió la luz, que iluminó una buena provisión de artículos de limpieza y un estante lleno de juegos y rompecabezas.

—Aquí están.

—Elige el que quieras, me da igual.

Bree fue a agarrar uno cuando se fijó en una forma familiar que sobresalía por detrás del estante. Una vieja y polvorienta guitarra estaba apoyada en un rincón. Bree se olvidó de los juegos y agarró la guitarra. Se la colgó y rasgó las cuerdas.

—¿Qué tenemos aquí?

—¿Has…? —Ian se interrumpió al verla salir del armario con la guitarra—. Eso no es el Scrabble —apuntó.

—No. He encontrado algo mejor —replicó ella con voz cantarina mientras seguía rasgando la guitarra.

Pocas cosas le habían resultado tan relajantes como oír a Ian tocar la guitarra y cantar para ella.

¿No sería maravilloso que volviera a hacerlo? Sería estupendo oírle al cabo de tantos años. Tal vez entonces, durante un rato, recordaría al hombre que había sido y al que echaba de menos.

Ian retrocedió al verla avanzar hacia él. Parecía que la idea no lo seducía.

—Creí que la había tirado a la basura —afirmó con una mirada de desagrado.

—No sé mucho de instrumentos musicales, pero sé que esta guitarra es de gran calidad. Ni se te ocurra tirarla.

—Es vieja. Es la que tenía en la facultad.

—Eso es como decir que un Stradivarius es un

violín viejo del que hay que deshacerse. ¿De verdad es la guitarra con la que tocabas en el café?

—Sí. Dale la vuelta y lo comprobarás.

Bree lo hizo. En la parte de atrás había un grabado: «IL & BH, para siempre».

Era la misma guitarra. Acarició el grabado al tiempo que se le hacía un nudo en la garganta. Recordó la noche en que Ian lo había grabado con la navaja. Le asaltó el recuerdo y la emoción a la vez.

—Fue la noche en que... —no acabó la frase.

—En que te dije por primera vez que te quería —él esbozó una leve sonrisa al recordarlo—. Estábamos sentados en el césped, frente a la facultad, mirando las estrellas mientras te tocaba una canción que había compuesto para ti.

Bree sintió que los ojos se le llenaban de lágrimas. La manta bajo las estrellas, la dulce melodía de una canción de amor, los fuertes brazos del hombre que la amaba... Cuando él grabó las iniciales en la guitarra, le pareció que habían sellado su futuro juntos. Había sido la noche más romántica de su vida. ¿A cuántas mujeres les había compuesto un hombre una canción? Era una canción sentimental y romántica que la había hecho palpitar su joven corazón de dieciocho años.

—Te querré siempre y mucho más —dijo ella.

Ian tenía mucho talento Estaba dotado de oído para la música y de imaginación para la letra. Su música era mejor que la que ella oía en la radio.

—Aunque no sea imparcial, creo que fue tu mejor canción— añadió.

Ian asintió.

—Yo también lo creo.

Extendió el brazo y le quitó la guitarra. Ella dejó de respirar durante unos segundos al pensar que tocaría un par de canciones en recuerdo de los viejos tiempos. Deseaba volver a verlo tocar y cantar como entonces, sentir el deseo y la excitación enroscándosele en el vientre. Ian era un hombre guapo, pero nunca se había sentido tan atraída hacia él como cuando tocaba.

Sin embargo, él mantuvo el instrumento a distancia, como si se fuera a contaminar si se lo acercaba demasiado.

—Es una lástima que mi tutor no fuera de la misma opinión.

Se dirigió al armario y volvió a meter la guitarra en él sin mayor ceremonia. Cerró de un portazo y se volvió hacia ella con expresión apenada.

—Pero él tenía razón. Ahora lo sé, tras años en la industria musical. No fue cruel, sino amable. Alguien tenía que decirme que no era lo bastante bueno.

Dicho lo cual, Ian se metió en su dormitorio y cerró la puerta. Bree, decepcionada, lanzó un suspiro. Tal vez fuera mejor así. No podía permitirse perder el control ni actuar impulsada por su deseo. Con la guitarra en el armario, su deseo también permanecería encerrado.

***

¡Maldita fuera la estúpida guitarra!

¿Qué demonios hacía allí? Ian deambuló por la habitación, lleno de ira. Había pagado a una empresa de mudanzas para que llevaran a la casa, una vez construida, los muebles y algunos objetos personales. Debieron de haber llevado la guitarra por error. Él, desde luego, no la había llevado. Y su madre sabía perfectamente que no podía llevar ninguna clase de instrumento a la casa.

Y pensar en todas las veces que había estado allí sin saber que la guitarra estaba guardada en el armario. Y había tenido que ser precisamente Bree quien la encontrara.

Se dejó caer en la cama suspirando y ocultó el rostro entre las manos. La maldita guitarra le había provocado una oleada de recuerdos que no necesitaba en aquellos momentos. Buenos recuerdos de su amor por Bree y malos de su abandono de la música. En cualquier caso, no le servían de nada. A la mañana siguiente haría astillas la guitarra con un hacha y las arrojaría a la chimenea.

Al poco rato oyó correr el agua en el piso de arriba. Supuso que sería Bree que se estaba dando un baño. Eso empeoró las cosas, ya que el cerebro se le llenó de imágenes de su piel desnuda y suave brillando con el agua caliente.

Lo mejor sería que rompiera la guitarra golpeándose con ella en la cabeza hasta que todos los pensamientos sobre Bree desaparecieran.

En aquellos momentos, se detestaba a sí mismo. No era que tuviera una idea muy elevada de sí, pero aquello era el colmo. No podía sentirse atraído por Bree. Estaba prometido y resuelto a ser un buen padre, mejor que el suyo, lo cual implicaba casarse con la madre del bebé y formar parte de la vida de su hijo, lo hiciera feliz o no.

Necesitaba distraerse. Tomó un libro al azar de la estantería y se obligó a leer durante casi una hora. Después pensó que tal vez los dioses telefónicos le fueran propicios e hubieran restablecido la conexión con el mundo.

Salió sigilosamente de la habitación. La casa estaba en silencio. Bree ya estaría durmiendo. Llegó al salón y vio que todas las luces estaban apagadas en esa planta, salvo una lucecita sobre el fregadero de la cocina. El teléfono estaba en la encimera, donde lo había dejado. Seguía sin haber línea, y, además, había que recargarle la batería. Lo enchufó al lado de la cafetera.

Descolgó el teléfono fijo. No dio señal.

Volvió al salón y se tumbó en el sofá. Era casi medianoche, pero no podía dormir. Cuando era más joven, la música lo ayudaba en casos semejantes. En su infancia, los médicos le habían diagnosticado hiperactividad, pero su madre se había negado a medicarlo y había buscado un medio de canalizar su energía. Jugó al fútbol durante un tiempo, pero el verdadero cambio se produjo con algo que encontró por casualidad en una casa de empeños.

Había ido allí con su madre para desempeñar el anillo de boda de su abuela. Habían necesitado el dinero para pagar el alquiler. Allí, una guitarra llamó la atención de Ian. Era mucho más cara de lo que se podía permitir, ya que solo tenía trece años. El dependiente le había ofrecido la guitarra a cambio de que lo ayudara a limpiar los fines de semana. Él aprovechó la oportunidad, y siguió trabajando allí después de haber pagado la guitarra para sacar dinero que le permitiera pagarse unas clases de guitarra.

La música le cambió la vida. Le sirvió para centrarse. Lo ayudó en la escuela. Escribir canciones le resultaba más fácil que cualquier tipo de deber escolar. En la escuela secundaria entró a formar parte del conjunto de jazz. Los días más felices de su adolescencia habían transcurrido sosteniendo la misma guitarra que estaba en el armario.

Sintió remordimiento por haberla tratado como lo había hecho. La guitarra no tenía la culpa de que el no tuviera suficiente talento musical. Se levantó del sofá, fue al armario y encendió la luz. La guitarra estaba en el suelo, con fichas del Monopoly sobre ella. Él debía de haber volcado el juego cuando había lanzado la guitarra al interior del armario.

La recogió y volvió con ella al salón. Un rápido examen le demostró que, por suerte, no la había dañado. Se sentó en el sofá y se la colocó en le regazo. Le pareció que hacía siglos que no tocaba. Había dejado la música de golpe. Como no tenía lo necesario para triunfar, no había querido malgastar ni un solo minuto en ella.

Los dedos se le iban hacia las cuerdas. ¿Qué mal

había en ello? Bree estaba en el piso de arriba. Si tocaba bajito, solo una canción, nadie se enteraría.

Dio la vuelta a la guitarra y la agarró. Estaba desafinada, así que la afinó. El primer acorde le produjo escalofríos. Era como si el alma hubiese vuelto a conectar con su verdadera pasión. Empezó a tocar una dulce melodía, una de sus preferidas en la época en que tocaba en el café, para ponerse a prueba. No estaba tan oxidado como creía. La música fluyó suavemente, ya que él iba cambiando de acorde como si nunca hubiera dejado de hacerlo.

Cuando acabó de tocar la primera canción, siguió con otra, cantándola también. Recordó la rapidez con la que pasaba el tiempo cuando tocaba. Lo mismo le sucedía con el trabajo: se perdía en él. La música, sin embargo, era mucho más agradable.

Lanzó un suspiro de felicidad y miró la guitarra y el grabado de la parte posterior. Tocaría la última.

Eligió *Hello,* de Lionel Richie. Recordó que se la había cantado a Bree en el café la noche en que se conocieron. Se había fijado que ella lo observaba tocar y no había dejado de mirarla. Era hermosa y lo examinaba con intensidad. Al llegar el momento de tocar esa canción, se había levantado, había cruzado el café y se la había cantado directamente a ella. Después le había pedido una cita. Ella había accedido, con gran regocijo y vítores por parte de todos los presentes.

Tocar esa canción no era muy acertado, ya que

estaba aislado en aquella casa con ella, pero iba a terminar lo que había comenzado. Cerró lo ojos y dejó que la música fluyera desde su interior. Conectó fácilmente con la emoción de la canción y con el recuerdo del momento en que había visto a Bree por primera vez. Al llegar a las últimas notas, lo invadió la tristeza.

Tanto la música como su relación con Bree habían terminado. La guitarra y los recuerdos debían volver al armario.

—Esa era una de mis preferidas.

Ian se levantó de un salto. Dio media vuelta y vio a Bree al pie de las escaleras. ¿Cuánto tiempo llevaría escuchando? Avergonzado, se sonrojó.

—Lo siento. ¿Te he despertado?

—No, no podía dormir. Estaba leyendo. He bajado a beber algo y he oído la música. No he querido interrumpirte.

—Debieras haberlo hecho. He estado tocando demasiado tiempo.

Bree cruzó el salón y se detuvo a su lado. Llevaba el pelo recogido de cualquier manera, los pantalones del pijama y una camiseta de manga larga. Ian se imaginó que cualquier otra mujer con aquel aspecto desaliñado, hubiera supuesto un jarro de agua fría para su libido, pero no Bree.

Los pantalones eran de cintura baja y dejaban al descubierto unos centímetros de piel. No llevaba sujetador. Él distinguió las curvas llenas de sus senos y el fascinante efecto que ejercía sobre ellos el aire frío. Bajó un poco la guitarra para ocultar su excitación y sentirse aún más avergonzado de lo que ya estaba.

—Toca otra. Toca mi canción.

Ian se puso rígido. No estaba seguro de poder hacerlo. Había demasiada emoción en aquella canción.

—No sé si debo, Bree.

—Por favor.

Ella lo tomó de la mano y lo hizo sentarse de nuevo al tiempo que le suplicaba con los ojos de un modo que él sabía que no resistiría.

Bree se sentó a su lado, esperando con ansia oírlo tocar.

Podía tocar la canción. Solo era eso: una canción. No tenía por qué significar nada. Lo único que tenía que hacer era concentrarse en la guitarra y en la canción, no en Bree. Al estar sentado tan cerca de ella, olía la loción corporal que siempre se aplicaba antes de acostarse. Tocarle la mano le bastaba para saber lo suave que tendría toda la piel.

Cerró los ojos para apartar esos pensamientos y se concentró en la letra y la música que llevaba tanto tiempo sin tocar. A mitad de la canción abrió los ojos. Había tanto silencio en la habitación que se preguntó si ella se habría ido.

Pero seguía allí, escuchando intensamente, con los ojos brillantes de lágrimas.

Sin proponérselo, Ian dejó de tocar. La vista de las lágrimas le oprimió el pecho y no pudo seguir cantando.

–¿Estás bien? Yo…

De repente, Bree se inclinó hacia él y lo besó. Sus labios se encontraron con los de Ian con la fuerza y la emoción que solo podían haber creado los nueve años de separación. Ian se sobresaltó por aquel repentino ataque, pero no pudo apartarse. Estuviera bien o mal, seguía deseando a Bree. El cerebro y el cuerpo no le funcionaban al unísono cuando ella lo tocaba.

Era un error, pero estaba dispuesto a disfrutar de cada momento mientras pudiera. Los labios de Bree eran suaves y sabían a la infusión de menta que se había tomado antes. Emitía leves sonidos contra su boca al tiempo que le acariciaba la mandíbula, lo cual despertó en él un instinto primario.

Un estallido de deseo le subió por la columna vertebral. Todos los nervios se le tensaron con una necesidad que llevaba mucho tiempo sin experimentar. Ian maldijo que la guitarra estuviera entre ambos, porque quería abrazar a Bree y atraerla hacia sí hasta que sus senos se le aplastaran contra el pecho.

–Bree –susurró con los labios pegados a los de ella.

El sonido pareció hacerla despertar. Se separó de él bruscamente. Ian no fue capaz de interpretar la emoción que había en sus ojos. Después, ella se llevó la mano a la boca y ahogó un «¡oh, Dios mío!» antes de levantarse de un salto y subir la escalera corriendo para ir a su habitación.

Capítulo Cinco

Normalmente, Ian se levantaba a las seis de la mañana. Daba igual que se hubiera quedado trabajando hasta la madrugada y consultaba inmediatamente el teléfono móvil.

Aquella mañana, se dio la vuelta en la cama y extendió la mano buscando el teléfono, pero no lo halló. Después recordó que se estaba recargando en la cocina. Abrió lo ojos y se sorprendió al ver la claridad que entraba por las ventanas. Debía de ser el sol reflejándose en la nieve.

Se sentó y miró el reloj de la mesita de noche. Eran las diez menos cinco. Se frotó los ojos creyendo que había visto mal, pero las cifras siguieron siendo las mismas.

Apartó las mantas y se levantó. Tenía que ir a por el teléfono móvil.

A por un teléfono que no funcionaba.

Podía salir de la habitación a por él, pero, teniendo en cuenta que llevaba unos boxers, probablemente no fuera buena idea. Como ya era tan tarde, Bree estaría sin duda despierta y deambulando por la casa. Decidió darse una ducha para poder salir vestido y presentable y dar al teléfono móvil media hora más para volver a funcionar.

El agua caliente le produjo un gran placer. Se secó rápidamente y se puso ropa informal. Unos vaqueros y un jersey le parecieron adecuados para alguien aislado por la nieve en una cabaña en la montaña. Se puso unas botas para salir de la casa más tarde, ya que tenía que meter más leña y, si podía, limpiar de nieve un camino para llegar a la carretera.

Salió de la habitación. La casa estaba en silencio. Había café en la cafetera, así que se sirvió una taza y miró por la ventana del fregadero.

Había dejado de nevar y brillaba el sol, lo cual no era decir mucho, ya que los enormes montones de nieve le llegarían a la altura de las caderas en algunas sitios. No podía distinguir el porche principal de la carretera: todo estaba cubierto por un manto blanco. Tal vez ponerse a quitar nieve con una pala no tuviera sentido.

Un suave pitido lo distrajo de su investigación. Al principio no le prestó atención, pero, después, se percató de su significado. Era el teléfono móvil.

¡Funcionaba!

Se lanzó sobre la encimera, lo agarró y presionó la tecla para activar la pantalla. Aparecieron cinco hermosas barras y cuatro gigas de datos. En su vida se había sentido tan feliz de ver aquellos viejos amigos.

Se había perdido muchas cosas. En la pantalla se agolpaban llamadas perdidas, mensajes de texto y cientos de correos electrónicos. Era mucho más de lo que se esperaba. ¿Qué demonios había sucedido la noche anterior?

Un ruido procedente del comedor lo obligó a apartar la vista del teléfono. Bree entraba por la puerta de cristal que daba al porche cubierto que rodeaba la casa. Llevaba un abrigo azul que debía de haber sacado de su equipaje. Era casi del mismo color que sus ojos. Se había recogido el pelo en una trenza sobre un hombro y se había puesto un gorro de lana. Tenía las mejillas rojas del frío, pero sonreía. Llevaba la cámara en la mano. Debía de haber estado haciendo fotos.

—Ya te has levantado —dijo—. Estaba empezando a preocuparme por si la vieja guitarra te había robado el alma o por si, por mi estupidez de anoche, no te atrevías a salir de la habitación por miedo a que me lanzara sobre ti.

—Ninguna de las dos cosas.

Para ser sinceros, si hubiera creído que ella fuera a lanzarse sobre él, habría dormido en el sofá para estar disponible en cuanto ella se levantara. Pero ambos eran personas adultas y sabían que el beso de la noche anterior había sido un error. Él ni siquiera lo habría mencionado si no lo hubiera hecho ella. No quería que la situación se volviera más incómoda de lo que, de por sí, ya era.

—Supongo que como el teléfono móvil no sonaba, he dormido más de lo habitual. Vuelve a funcionar —añadió con alegría al tiempo que lo levantaba con una sonrisa de triunfo.

—Ah, muy bien. La Fuerza ha recuperado el equilibrio.

Ian rio.

—Eso creo. Pero parece que, mientras ha estado sin funcionar, ha sido una locura. Tengo veinticinco llamadas perdidas, diez mensajes de voz, quince mensajes de texto y cientos de correos electrónicos.

Bree dejó la cámara en la encimera y fue a servirse un café.

—Eres más importante de lo que pensaba.

—No. En realidad, la mayor parte son de Missy, lo cual es extraño, ya que no suele estar en contacto. Además, sabe que me he quedado aislado aquí. No sé qué espera que haga.

—¿Crees que se ha enterado de que estás conmigo?

Ian negó con la cabeza.

—No. De todos modos, no sabe quién eres.

Ella hizo un mohín.

—¿Nunca le has hablado de tu romance universitario?

Él se encogió de hombros.

—No solemos hablar de mí.

Bree lo miró abriendo mucho los ojos, pero no contestó. Le dio la espalda para echar azúcar al café. Ian se sintió aliviado. No quería hablar de aquello a esas horas de la mañana.

Mientras con el pulgar hacía avanzar los mensajes, vio que había uno de Keith, el descubridor de talentos de la compañía discográfica. Sería el primero que escucharía. Los negocios tenían prioridad sobre Missy.

—Llámame en cuanto oigas este mensaje, Ian. Tengo a toda la prensa deambulando por el estudio. He tenido que contratar a agentes de seguridad privados para que patrullen en el aparcamiento. Esto se ha salido completamente de madre. Ojalá no te hubieras quedado aislado en la montaña.

El corazón de Ian comenzó a latirle a toda velocidad. Intentó torpemente pulsar las teclas para llamar a Keith. Por fin lo consiguió.

—¿Va todo bien? —preguntó Bree, preocupada.

Él negó con la cabeza.

—No lo sé —Keith, por fin, respondió—. ¿Qué pasa, Keith? El teléfono móvil ha estado sin conexión desde ayer por la tarde, por lo que no te he podido llamar.

Se produjo un largo silencio. Ian esperaba que Keith comenzara a informarle, por lo que le desconcertó que no dijera nada.

—¿No has hablado con nadie? —preguntó Keith.

—No. Eres la primera persona a la que he llamado, pero tengo millones de mensajes.

—¡Por Dios! —Keith suspiró.

—¿Qué pasa?

Ian se imaginó lo peor. Las llamadas de Missy, la prensa que abarrotaba el estudio, el tono consternado de Keith… Algo le había sucedido al bebé. Los ojos se le llenaron de lágrimas. Cualquier cosa menos eso. A duras penas consiguió preguntar:

—¿Está bien el bebé, Keith?

Este gimió.

—Ian, te juro que nadie ha muerto ni está herido. Tu madre, tu padrastro… Todos están bien. Pero tengo algo que decirte. ¿Estás sentado?

–Sí –mintió Ian.

–Ayer se publicó en la prensa sensacionalista una historia sobre Missy. Ya está en todas partes: en la televisión, en las revistas y en los blogs. Parece que una mujer de Nashville afirma que vendió a Missy por Internet una prueba de embarazo positiva.

Ian tardó unos segundos en asimilar lo que le decía su amigo. Eso implicaba...

–No hay ningún bebé, Ian, ni lo ha habido.

–¿No está embarazada? Todo ha sido una artimaña para... –¿para qué?, ¿para que se casara con ella?, ¿para que no la echara de la discográfica?

Sí y sí.

Sabía que Missy era implacable a la hora de obtener lo que deseaba, pero no creía que ni siquiera ella pudiera caer tan bajo.

–Es lo que dicen. Las pruebas son muy evidentes. La mujer que le vendió la prueba no es tonta. Cuando se dio cuenta de con quién se estaba comunicando, supo que podría sacar mucho más que los cien dólares que pedía. Guardó los correos electrónicos que se habían intercambiado e hizo una foto del Jaguar de Missy mientras salía del aparcamiento en el que habían quedado. Todo está *online*, si quieres verlo.

Ian deseó haber seguido el consejo de Keith y estar sentado. Se acercó a uno de los taburetes de la cocina y apoyó en él la cadera para mantener el equilibrio.

Missy no estaba embarazada. No estaba embarazada. ¿Sería verdad? Parecía muy posible, tratándose de su prometida, pero no quería creérselo del todo hasta no haber hablado con ella. La prensa amarilla había publicado mentiras que parecían muy convincentes.

Sin embargo, tenía la impresión de que era verdad.

A lo largo de los años, había sido muy cuidadoso a la hora de protegerse. Ninguna mujer con las que había salido desde que perdió la virginidad había tenido ni siquiera un retraso en la regla que la hubiera asustado. No quería cometer el mismo error que su padre y procrear un hijo que no le interesaba. Si tenía un hijo, se dedicaría a él por encima de todo.

Se había quedado de piedra cuando Missy se presentó con la prueba de embarazo, pero se había recuperado enseguida y había intentado comprometerse con la nueva situación.

Sin embargo, ella pretendía que no se involucrase. Se había negado a que la acompañara al médico. Ian quería oír latir el corazón de su hijo, pero ella le dijo que era muy pronto. Cuando volvió a casa sin la ecografía, le explicó que el aparato estaba estropeado. Seguía teniendo el vientre liso y no había experimentado náuseas ni ningún síntoma de que estuviera embarazada.

Le había mentido en todo. Ian tenía ganas de vomitar. Estaba mareado y se sentía estúpido. Pero la sensación que prevalecía era la de alivio.

Unos instantes antes se había sentido destrozado ante la posibilidad de haber perdido a su hijo no nacido. Pero el niño no existía, no era nada más que una manipulación de su supuesta madre. Sintió que una risa histérica le subía desde el pecho, pero no podía soltarla. Keith y Bree la interpretarían como un signo de felicidad, y eso no era una descripción acertada de su vorágine interior.

–¿Estás bien, Ian? –la voz de Keith denotaba una enorme preocupación.

Él carraspeó y se tragó las emociones antes de que su amigo fuera presa del pánico.

–Sí, gracias por habérmelo contado. Ha sido lo mejor haberme enterado por ti.

–¿Qué hago con los periodistas?

–Diles que SpinTrax no hace declaraciones sobre la vida de sus artistas y empleados. Después, mándalos a casa de Missy.

Bree tenía miedo de hablar y de moverse. Estaba en la cocina siendo testigo de una desagradable situación que no era de su incumbencia. Solo había oído a una de las partes, pero le había bastado. A juzgar por cómo había palidecido Ian, sabía que Keith no le había dado buenas noticias.

Esperó pacientemente a que Ian apagara el teléfono para ver si necesitaba algo. En un momento como aquel, no había mucho que pudiera hacer, pero se ofrecería a hacerlo, porque lo que contaba era la intención. Si prefería estar solo, se iría al piso de abajo y encendería la televisión para no oír.

–¿Ian?

Él alzó la vista del teléfono. Parecía agitado y extrañamente tranquilo a la vez. Estaba pensando, asimilando, preparándose.

–¿Sí? –contestó él.

–¿Puedo hacer algo? ¿Necesitas algo?

Él negó lentamente con la cabeza.

–No.

Bree se preguntó si se hallaba en estado de *shock*. Estaba haciéndose a la idea de que no tendría un hijo ni un futuro con él.

–Tengo que llamar a Missy. Tal vez no quieras…

Bree asintió.

–Te dejo solo. Llámame si me necesitas.

Le puso la mano sobre la suya, le dio un leve apretón tranquilizador y le sonrió antes de dirigirse al piso de abajo.

Una vez allí, se sentó en el sofá, tomó el mando a distancia del televisor y eligió una película de acción, con muchos tiros y explosiones. Pero ni siquiera eso pudo amortiguarlo todo.

La calma de Ian de unos segundos antes había desaparecido. No entendía lo que él decía, pero gritaba.

Se sentía fatal por Ian. Sabía que no era feliz, pero había intentado hacer las cosas lo mejor posible por el bien del bebé. Siempre le había dicho lo importante que era ser un buen padre.

Bree, en sus fantasías juveniles, se había imaginado cómo se portaría Ian con los hijos de ambos. Sería un padre amoroso y bien dispuesto, que, antes de dormirlos, les cantaría nanas que habría compuesto para ellos.

Pensar que Missy se había servido de esa lealtad y dedicación para utilizarla en contra de él le daba náuseas.

A pesar de que Bree hubiera roto con Ian en la facultad, nunca le había deseado ningún mal. Había intentado ayudarlo, pero cuando fracasó, tuvo que pensar en sí misma. No pudo quedarse sentada mientras contemplaba su caída porque lo quería demasiado.

Y seguía queriéndolo, a pesar de que no deseaba hacerlo. Pero volver a verlo había reavivado ese sentimiento en ella. Con solo haber pasado unas horas juntos, se sentía avasallada por su atractivo y debía esforzarse para mantenerse a distancia de él.

Al mismo tiempo, la decepción por su adicción al trabajo seguía presente. Pero sentía una poderosa necesidad de protegerlo. Missy había tenido suerte de no haber podido llegar a la cabaña la noche anterior, ya que, si todo aquello hubiera salido a la luz en presencia de Bree, Ian habría tenido que separarlas antes de que alguna de las dos resultase herida. Y por «alguna», Bree se refería a Missy.

Al final se dio cuenta de que los gritos habían cesado. No sabía si Ian había colgado o si su ira se había agotado. En cualquier caso, no subiría inmediatamente al piso de arriba. Cambió de canal a un documental sobre Pompeya y se entretuvo con hechos históricos, en vez de con la discusión que estaba teniendo lugar arriba.

Unos veinte minutos después, oyó que Ian descendía por la escalera. Bajó el volumen y alzó la vista cuando él llegó. Su expresión pétrea no denotaba emoción alguna. Se acercó al sofá y se dejó caer a su lado.

Bree esperó en silencio. Él hablaría cuando le apeteciera. Sabía que no le gustaba hablar de sus emociones, por lo que posiblemente tardaría un rato en contarle lo que había pasado. Bree no estaba segura de poder hallar las palabras si tuviera que enfrentarse a una traición de tal magnitud.

—Es verdad —dijo Ian, por fin, con voz firme. Los gritos habían desaparecido y volvía a ser el Ian contenido que ella conocía—. Missy no va a tener un hijo.

Al menos, ya lo sabía con certeza.

—Lo siento, Ian. ¿Hay algo que pueda hacer?

—No, Missy ya ha hecho suficiente.

—Me sorprende que lo haya reconocido.

Ian rio con amargura.

—Estoy seguro de que no quería hacerlo, pero es una mentira que se hubiera acabado descubriendo. Yo he hecho lo que he podido para racionalizar mis dudas, pero, al final, hubiera tenido que mostrar signos de estar embarazada y haber dado a luz.

—¿Te ha dicho lo que pretendía hacer? Si la prensa no se hubiera enterado de la historia, no hubiera podido seguir mintiendo durante mucho más tiempo.

—Me ha dicho que esperaba que dejásemos de

utilizar protección y quedarse embarazada de verdad. Si eso no funcionaba, iba a fingir un aborto después de la boda.

Bree negó con la cabeza.

—Cuando tantas mujeres sufren por haber perdido a un hijo, no me la imagino fingiendo algo tan terrible.

—Eso es porque no conoces a la verdadera Missy Kline. Todos ven en ella a la rubia sexy de los vídeos musicales y las portadas de los álbumes. Pero la verdad es que es despiadada, sobre todo cuando se trata de su carrera.

—¿Lo ha hecho por eso, por su carrera?

Para Bree, su profesión lo era todo, pero había un límite en hasta dónde estaba dispuesta a llegar para tener éxito, al igual que lo había para la mayoría de la gente.

—No es lo que ha dicho al principio. Se ha puesto a llorar y a gritar que tenía miedo de perderme y que lo había hecho para que siguiéramos juntos porque me quiere mucho.

Ian se miró las manos, que tenía unidas en el regazo.

—Eso es mentira —prosiguió—. Sé lo que se siente cuando una mujer te ama y no era nada parecido a lo que sentía con ella. Apenas me conoce y, desde luego, no me quiere. A Missy solo le interesa ella misma. La verdad es que su último álbum no ha tenido éxito, y yo no estaba dispuesto a renovarle el contrato. Y ella había quemado demasiados puentes para que la aceptaran en otro sello discográfico. Ahí fue cuando cambió de comportamiento. Comenzó a hacerme la pelota y a utilizar el sexo para conseguir sus propósitos. Eso yo ya lo sabía, pero lo que no sabía era que ella se había dado cuenta de que no le funcionaba. Antes de que yo pudiera dar la relación por concluida, se inventó lo del falso embarazo para que siguiéramos juntos.

»Eso se convirtió en una mina de oro publicitaria para ella. Las bodas y los hijos de los famosos siempre son noticia. Missy inició esta farsa para salvar su carrera y le salió mejor de lo que había imaginado. La publicidad sobre nuestro compromiso y su embarazo disparó sus mediocres canciones, que alcanzaron los primeros puestos en las listas de las más vendidas. Ha vendido los derechos de nuestro compromiso y las fotos a una revista. ¿Sabías que iban a televisar la boda?

Bree no lo sabía.

—Suena muy romántico.

—¿A que sí? Todos los pasos que Missy ha dado han sido fríos y calculados, destinados a revitalizar su carrera para que yo no le rescindiera el contrato. Y si, a pesar de todo, yo lo hacía, para entonces habría salido en tantas portadas y titulares que otro sello discográfico la contrataría.

—Le ha salido el tiro por la culata. ¿Quién va a querer contratarla ahora?

—Me da igual. Desde luego, yo no. La boda se ha cancelado y, en cuanto ella haya cumplido con las últimas obligaciones de su contrato, espero no volver a verla en la vida. Si alguien es tan estúpido como para ofrecerle trabajo después de esto, se merece lo que le espera.

Se quedaron en silencio durante unos segundos mientras asimilaban lo que había pasado en la hora anterior. Parecía que haberse quedado aislados por una tormenta de nieve había sido solo el principio. Al final, Bree dijo:

—Lo siento mucho. No hay nada que pueda decir o hacer para que te sientas mejor, pero ojalá lo hubiera.

Antes de pensar en lo que hacía, lo agarró de la mano. Esperaba que él aceptara el gesto de consuelo y se soltara, pero se la apretó con fuerza. Probablemente no era la persona más indicada para ayudarlo en una situación como aquella. Sin embargo, era la única que estaba allí. Deseaba abrazarlo y consolarlo, pero ¿no sería peligroso cuando la mayor barrera que había entre ellos había desaparecido de repente?

—Gracias, Bree —dijo él al tiempo que le acariciaba la mano con el pulgar—. Supongo que debiera alegrarme de que la nieve haya impedido a Missy subir hasta aquí. ¿Te imaginas a los tres atrapados en esta casa cuando la noticia saliera a la luz?

Ella se estremeció sin saber si era por sus palabras o por sus caricias.

—Le hubiera dado una buena paliza —afirmó con una sonrisa para tratar de quitarle hierro a la situación—. En serio, sé lo importante que ser buen padre es para ti.

Ian asintió.

—Me repito que es lo mejor que podía haberme pasado. Me siento, en parte, aliviado y podría ponerme a dar saltos de alegría por haber roto con ella. Al mismo tiempo —añadió con ojos tristes—, aunque no quería que Missy fuera la madre de mi hijo, quería al niño.

—Por supuesto que sí. Debes darte tiempo para pasar el duelo por el bebé, sea o no imaginario. No puede dejar de importarte de un día para otro.

—Gracias por tu comprensión. Tienes razón, y así debo pensar en ello. Me alegro de estar aquí en vez de en Nashville. Allí, me darían palmaditas en la espalda y me dirían que lo olvidara, ya que no era cierto.

—Lo era para ti, así que tómate el tiempo que necesites y haz lo que debas hacer. Creo que debieras aprovechar la paz y la soledad que reinan aquí para enfrentarte a ello. Así, cuando vuelvas a casa, estarás listo para lidiar con las consecuencias.

Ian la miró con el ceño fruncido.

—¿Paz y soledad? Ni siquiera sé lo que son ni cómo aprovecharlas.

—Yo te lo diré. Desconectarse de la tecnología es lo mejor que puedes hacer. Comienza por apagar el ordenador y el teléfono. Pasa las llamadas de trabajo a tu secretaria si es necesario, pero no es deseable que la prensa y tus amigos, con la mejor de las intenciones, te molesten,

—Apagarlos —repitió él, poco convencido.

—Sí —Bree le dedicó una sonrisa de ánimo—. Es fácil. Yo te enseñaré.

Capítulo Seis

El silencio no era tan bueno como lo pintaban.

Bree se lo había vendido como si fuera la panacea, pero no era verdad. Sin la tecnología para distraerse, Ian estaba incómodo con sus pensamientos. Tenía espacio, pero se ahogaba en él.

Menos de una hora después de haberse desconectado del mundo, se abrigó para salir. Tenía demasiada energía y demasiados pensamientos en la cabeza. Cuando era más joven y tenía ese problema, su madre le encargaba una tarea de esfuerzo físico.

No había nada que el trabajo duro no pudiera arreglar.

En el garaje agarró la pala para quitar la nieve y una lona impermeabilizada y se dirigió a la puerta principal de la casa. Metió la pala en la nieve y la lanzó a un lado. Repitió la operación y la tiró al otro lado. Y a partir de entonces, se dedicó a aquel trabajo monótono.

Tardó más de una hora en despejar un camino desde el porche a la carretera, y tardó otra hora en limpiar de nieve las puertas del garaje y desenterrar el coche de Bree. Aunque no iban a ir a ningún sitio, si la nieve comenzaba a derretirse y se volvía a helar por la noche, formaría una capa de hielo alrededor del coche que podría dañar la pintura e incluso romper el limpiaparabrisas.

El trabajo había obrado milagros en su forma de ver las cosas. Le dolían los brazos y los hombros, pero se sentía mejor. La ira, la incredulidad, la decepción, el alivio y el sentimiento de culpa asociado a ella habían ido y venido con cada palada. Dos horas después, y con tres ampollas en las manos, Ian experimentó la misteriosa sensación de paz que Bree había mencionado.

Apoyó los brazos en la pala y admiró la labor de la naturaleza. Normalmente no iba a la cabaña cuando nevaba, por lo que la transformación del paisaje familiar era asombrosa. El sol hacía brillar los montones de nieve. Había estalactitas colgando en precario equilibrio de las ramas de los árboles y del borde de los tejados de las casas que se veían a lo lejos. Las chimeneas de los vecinos expulsaban humo gris que destacaba contra el cielo azul.

El silencio era absoluto. No había coches circulando en el valle ni gente hablando o andando alrededor. Tampoco animales, que habían buscado refugio y calor en sus cuevas. Ian sintió una calma interior al estar allí que no creyó que pudiera encontrar, sobre todo después de lo sucedido esa mañana.

A fin de cuentas, no podía seguir enfadado porque se le había ofrecido una segunda oportunidad: la de casarse con la mujer a la que realmente amaba, la de formar una familia con ella. Era una vida a la que no había prestado demasiada atención hasta que Missy lo había obligado. Y una vez libre de sus mentiras, la idea de una familia, tal como se la imaginaba, lo llenó de esperanza.

De pronto, algo frío y blando lo golpeó en la nuca.

Ian dio media vuelta y vio a Bree en el patio riéndose de él. Estaba armada con varias bolas de nieve y dispuesta a entrar en batalla. Su sonrisa era inocente, pero en sus ojos había un brillo travieso.

—¿No somos algo mayores para eso? —preguntó él.

Ella no se arredró. Él reconoció su forma resuelta de alzar la barbilla. Lo había obligado a apagar el teléfono móvil y en ese momento lo tentaba a divertirse.

—Necesitas distraerte. Da igual que tengamos ocho o veintiocho años. Vamos a jugar con la nieve —le lanzó otra bola, que le dio en mitad del pecho.

—Pues allá voy —gritó él.

Se sirvió de la pala para lanzar un montón de nieve a Bree, lo que la hizo retroceder al porche y a él le dio un margen para hacer unas cuantas bolas con que defenderse. Se apostó detrás del todoterreno de ella y Bree lo hizo en el porche, tras un montón de nieve.

Se lanzaron bolas el uno al otro. Bree le acertó una vez en la cabeza, pero él contraatacó alcanzándola en las nalgas al agacharse a agarrar otra bola. Ella gritó fingiendo un gran enfado y le lanzó una más. Pero Ian se estaba cansando. Podían seguir así durante horas. Había llegado el momento de pasar a un combate cuerpo a cuerpo para hacer las cosa más interesantes.

Con un rugido que hubiera enorgullecido al propio Rambo, Ian corrió hacia ella y le hizo un placaje sobre un montón de nieve. Ambos se hundieron en él mientras ella gritaba. Debajo de él, Bree peleó en broma. Rodaron en vueltos en nieve.

Bree empujó a Brian, comenzó a enterrarlo como si estuvieran en la playa hasta que él se levantó, arruinándole el trabajo, y volvió a tirarla sobre la nieve.

Riendo agotados, dejaron de pelearse. Ian sonrió al mirar a Bree, que tenía las mejillas rojas y sonreía. Estaba muy guapa con la trenza medio deshecha y cubierta de nieve. No tenía la belleza perfectamente peinada y digitalmente alterada de su exprometida, sino una belleza real: imperfecta y encantadora.

Sintió ganas de besarla. Y se dio cuenta de que, en aquel momento, podía hacerlo sin sentirse culpable, porque ya no estaba prometido. La madre de su «hijo» era una mentirosa y una manipuladora. Los pensamientos sobre Bree que lo habían martirizado las veinticuatro horas anteriores habían dejado de estar prohibidos.

Bree lo miró. Tenía los labios entreabiertos y el aire que espiraba se condensaba con el frío. Él la observó atentamente cuando se pasó la lengua por ellos. Lo deseaba tanto como él a ella. Ian podía conseguir todo aquello sobre lo que había fantaseado desde que ella había bajado del coche el día anterior.

Solo tenía que ser precavido. Había aprendido a no entregar a una mujer nada más que su cuerpo. Y como era de Bree de quien lo había aprendido, debía ser doblemente precavido. Podía hacerle el amor mientras estaban en la montaña siempre que no se olvidara de que la relación no funcionaría en la vida real.

—Ya no estoy prometido —dijo él.

—Ya lo sé —replicó ella con un leve jadeo.

—Anoche había un montón de razones para que no nos besáramos. No me gustó que te fueras, pero sabía que era lo correcto. Hoy no encuentro ninguna para no volverte a besar.

Era la oportunidad de Bree. Si no lo deseaba, si seguía creyendo que era un adicto al trabajo que acabaría destruyéndose a sí mismo, lo único que tenía que hacer era negarse, y él lo respetaría. Pero Ian no quería que se negase, sino que le dijera que lo deseaba a pesar de todo, que no podía centrarse en nada salvo en lo mucho que lo deseaba. En aquel momento, nada más importaba.

—Yo tampoco —apuntó ella con una leve sonrisa.

Apenas un segundo después, los labios de él presionaron los de ella. Bree le rodeó el cuello con los brazos y lo atrajo hacia sí. Él recorrió con la lengua y las manos un territorio conocido, pero distinto.

Bree emitió suaves gemidos al tiempo que lo apretaba con las manos animándolo a continuar.

Los sonidos que emitía lo excitaron aún más. Le recordaron las apasionadas noches en un incómodo colchón de la residencia estudiantil; las noches en que ni la facultad ni la música ni la comida eran más importantes que hacer el amor a Bree. Por muy estresante que hubiera sido el día, perderse en ella lo hacía revivir.

Anhelaba volver a sentirse así. Solo deseaba hallar alivio de las preocupaciones olvidándose de todo salvo de cómo le gustaba a Bree que la acariciara.

Se tumbó sobre ella y cada centímetro de su deseo la presionó el vientre. El cuerpo de ella onduló bajo el suyo y el tejido de los vaqueros le friccionó deliciosamente. Su deseo crecía por momentos. Si no entraban en la casa, le haría el amor en la nieve.

Sin embargo, no quería que se le helaran determinadas partes sensibles que tal vez quisiera utilizar más tarde.

Bree dejó de besarlo.

—Tengo frío —afirmó, como si le hubiera leído el pensamiento.

—Pues yo estoy ardiendo —respondió él.

Y era verdad. Cada centímetro de piel le ardía debido al contacto con ella.

Sonriendo, Bree se inclinó para volver a besarlo.

—Entonces, llévame dentro para que nos quitemos esta ropa mojada y me calientes.

***

Al haberse roto la relación de Missy y él esa mañana, había desaparecido la barrera mayor a los impulsos de ambos. Pero eso no lo solucionaba todo. Por muy guapo que fuera, Ian seguía siendo un adicto al trabajo. Pero, en aquel momento, cuando lo miró a los ojos, que le ardían de deseo, no le importó. Ya se enfrentaría al final de la relación cuando llegara. No iba a arruinar el principio preocupándose del final.

Y mucho menos cuando ya estaba en el dormitorio de Ian y ambos se quitaban lentamente la ropa mojada. Él no dejó de mirarla con sus verdes ojos. Ella comenzó a desnudarse con lentitud. Se dio la vuelta para mostrarle las nalgas mientras se bajaba los vaqueros, lo cual dejó al descubierto las braguitas de satén rosa.

Ian gimió mientras ella terminaba de quitarse los pantalones. Después, Bree se quitó la camisa de manga larga. Volvió a girarse, ya en bragas y sujetador. Ian no se había movido del sitio.

Bree se le acercó y le quitó el jersey. Él cooperó con una sonrisa. Cuando ella agarró el botón de los pantalones, él puso su mano sobre la de Bree impidiéndole continuar.

—Métete en la cama. Estás helada. Voy a encender la chimenea.

Bree hizo un mohín, pero reconoció que era una idea excelente. Se sentó en la cama, se quitó la ropa interior y se metió bajo el edredón. Fue como introducirse en un baño caliente. Suspiró mientras se acurrucaba bajo las sábanas de lino.

Ian fue a encender la chimenea. Al cabo de unos minutos, en la chimenea que estaba frente a los pies de la cama ardía un fuego intenso. Ian terminó de desnudarse y fue al cuarto de baño. Bree esperó pacientemente mientras se deshacía la trenza. Él volvió al cabo de unos segundos con unos cuantos preservativos.

Bree se sorprendió al contemplar el cuerpo que se ocultaba tras aquellos gruesos jerseys. En la facultad, Ian eran alto y delgado, pero no especialmente atlético, y ahora tenía ante sí un cuerpo duro y delgado, cuyos músculos se le marcaban bajo la piel. Tenía más vello en el pecho, que se estrechaba bajo los pectorales y le descendía hasta el vientre. Al llegar ahí, ella se sonrojó. No era un secreto que él la deseaba. Sintió un cosquilleo en las palmas de las manos por el deseo de acariciarlo, pero estaba demasiado lejos.

Ian se detuvo al borde de la cama y le mostró un condón.

—Estoy pensando en ponerme tres a la vez. Estoy un poco paranoico. No es nada personal.

—Uno basta —respondió ella— siempre que la mujer no busque otra cosa que no sea tu cuerpo.

—Y tú, ¿vas a utilizarme solo por mi cuerpo?

—Es lo que pretendo, pero, de momento, estás fuera de mi alcance.

Ian se echó a reír y dejó los condones en la mesilla. Se metió en la cama. Su piel la quemó cuando la rozó. ¿Cómo era posible que alguien produjera tanto calor?

Bree gimió y apretó su cuerpo contra el de él. Ian lanzó un leve bufido cuando su piel helada entró en contacto con la suya, pero, como era un caballero, no se apartó.

–Estás helada.

Ella le acarició el pecho y se inclinó para besarlo.

–Pues caliéntame.

–Si insistes…

Sonriendo, Ian se puso sobre ella. Su calor y su peso la tranquilizaron. Cuando la besó, se le olvidó el frío que tenía. Su contacto le calentó la sangre y despertó en ella deseos largamente olvidados. Le encantó sentir su lengua contra la suya. Él le acarició las partes más sensibles de su cuerpo, como si los casi diez años que llevaban separados se hubieran esfumado.

Cuando le acarició el pezón endurecido con el pulgar, ella ahogó un grito. Cuando se lo metió en la boca, ella arqueó la espalda. Él prosiguió el ataque de forma inmisericorde, provocándola con los dientes y la lengua mientras sus manos se deslizaban desde sus caderas hasta sus muslos.

–¡Ian! –gritó ella, cuando él le acarició el centro de su feminidad. Él la besó en la boca para ahogar cualquier otro sonido e imitó con la lengua los movimientos de la mano, metiéndola y sacándola lentamente de la boca. Ella se retorció bajo él al tiempo que jadeaba, pues la estaba llevando al borde del clímax una y otra vez, retrocediendo siempre antes de que lo alcanzara.

Entonces, Ian extendió la mano hacia la mesilla, se sentó y se puso un condón. Después, se deslizó entre sus muslos. Se echó la manta sobre los hombros desnudos para mantener a ambos calientes y se sostuvo sobre los codos. Volvió a buscar la boca de Bree y comenzó a presionar para penetrarla, provocándola y jugando con ella.

Pero ella llevaba mucho tiempo esperando ese momento. Le rodeó las caderas con los muslos y, con impaciencia, lo atrajo hacia sí. Él se desplazó con ella y, antes de que Bree se diera cuenta, tuvo lo que deseaba.

Él estaba en su interior. El momento le resultó familiar, placentero, memorable… Perfecto. No debiera haberlo sido, ya que aquello no era un reencuentro. No iban a volver a estar juntos, sino que estaban dando salida a deseos, emociones y frustraciones reprimidos mientras se hallaban aislados del mundo por la nieve.

Pero, ¿qué pasaría cuando esta se derritiera?

Bree cerró los ojos y se mordió el labio inferior. Le daba igual. No quería preocuparse por eso, sino disfrutar por volver a estar en brazos de Ian. Verlo tocar y cantar la noche anterior había despertado en ella un deseo que solo él podía calmar.

Ian la embistió por segunda vez. Ella tensó y relajó el cuerpo al tiempo que él lo hacía, apretándolo con los músculos internos hasta que él gimió.

–Una buena maniobra, pero no vamos a acabar tan pronto– dijo él.

Se inclino hacia ella, la besó y comenzó a moverse más deprisa. Al final, ella tuvo que despegar sus labios de los de él para poder gritar ante cada nueva embestida, que recibía elevando las caderas. El placer fue creciendo en su interior con más intensidad que la vez anterior. Él la había excitado tanto antes que aquel clímax sería de los que hacían época. Le clavó las cortas uñas en los hombros tratando de hallar algo a lo que agarrarse mientras el orgasmo la invadía como un *tsunami*.

Tensó el cuerpo y abrió la boca.

—Sí —dijo él reconociendo las señales del inminente clímax—. Eso es lo que quiero ver. No te contengas, Bree.

Él incrementó el ritmo, por lo que ella no tuvo voto en el asunto. En cuestión de segundos, la presa se desbordó y la invadieron oleadas de placer. Gritó y se retorció. Y cuando se fue calmando, abrió los ojos y vio que él la había estado observando.

—Eres preciosa.

Ella no se sentía así, sino sofocada y sudorosa. Tenía el cabello húmedo y pegado a la piel, los labios hinchados de los besos y el centro de su feminidad palpitante, pues hacía mucho tiempo que no lo utilizaba. Frunció la nariz.

—No —dijo él besándola en los labios—. No admito réplica. Eres preciosa, tal vez la mujer más hermosa que he visto tan de cerca en mi vida.

Bree rio y se apartó el cabello del rostro.

—Trabajas en la industria discográfica, Ian, en tu círculo tiene que haber un montón de princesas del pop y del rock.

–Sí, ¿y?

Bree tragó saliva. ¿Cómo era posible que ella estuviera a la altura de esas estrellas? Era muy amable por parte de Ian, pero imposible. Extendió la mano y le recorrió la nariz con un dedo.

–Creo que necesitas gafas.

Él lanzó un gruñido y rodó sobre la espalda con ella sentada a horcajadas sobre él. Bree lanzó un grito ante aquel movimiento repentino. Sus cuerpos no se habían separado.

–No necesito gafas y voy a demostrártelo.

La agarró de las caderas y comenzó a embestirla desde abajo. Bree apoyó las manos en el cabecero de la cama y se movió con él. Ian no dejó de mirarla y, en cuestión de segundos, apretó las mandíbulas y le presionó las caderas.

Si quería verla, pensó Bree, le daría algo que contemplar. Arqueó la espalda al tiempo que se metía los dedos en el cabello.

–Verte moverte así… –gimió él, y se interrumpió al alcanzar el clímax. Ella siguió moviéndose hasta el final y se dejó caer al lado de él, física, mental y emocionalmente exhausta.

Ian la abrazó y la atrajo hacia su pecho.

–Preciosa –susurró al tiempo que le besaba el hombro desnudo y los dos se hundían en un placentero sueño.

Capítulo Siete

—¡Ajá!

Ian sacó la cabeza del armario, con el Monopoly bajo el brazo.

—¿Qué pasa?

Bree estaba en la cocina, de espaldas a él. Se giró y levantó la mano, llena de chocolatinas.

—He descubierto tu escondite secreto.

Él rio, cerró la puerta del armario y llevó el juego al salón.

—No es un escondite secreto, sino reservas de emergencia. ¿Tú no tienes en casa un cajón lleno de chucherías?

Bree se puso la mano en la cadera.

—Pues no. Utilizo los cajones para guardar utensilios y toallas. Cosas normales.

—Eso es porque Patty no te hace la compra. Se ha propuesto tenerme contento comprándome golosinas aunque no se las pida. Puede que esta vez haya exagerado, si tenemos en cuenta que le había pedido comida sana para Missy. Probablemente ha creído que me moriría de hambre.

—Pues, con lo que he visto en la nevera, es muy posible —Bree se volvió y abrió otro cajón—. Mira, aquí hay caramelos.

–Tráelos para acá. Podemos usarlos a modo de dinero para jugar. Será más interesante.

–¿Qué? –Bree frunció la nariz, confundida, una expresión que a él siempre le había resultado encantadora y sexy a la vez.

En la facultad, él le besaba la punta de la nariz cuando hacía ese gesto. En aquel momento, le dio la espalda y comenzó a sacar las piezas del juego. Estaban lejos de ese grado de intimidad, a pesar de haber dormido juntos.

–Cada caramelo valdrá un dólar. Las chocolatinas valdrán cinco. Si tienen cacahuetes, veinte. Las que contengan arroz inflado, cincuenta. Las de chocolate negro, cien. Y las tabletas, quinientos. ¿Qué te parece?

–Me gusta. Quiero ser la banca –dijo ella entrando en el salón con las manos llenas de golosinas.

–Yo me encargaré de las propiedades, entonces. ¿Vamos a jugar a la versión rápida?

Ella enarcó una ceja.

–¿Por qué? ¿Qué más tenemos que hacer?

Ian esbozó una astuta sonrisa. Se le ocurrían varias cosas, en ninguna de la cuales intervenían los dados ni el falso dinero, pero Bree quería jugar a algo.

Ella observó su expresión y negó con la cabeza.

–Lamento comunicarte que no nos vamos a dedicar a estar tumbados y a tener sexo hasta que la nieve se derrita.

Ian ya lo sabía. A pesar de la facilidad con la que ella había caído en sus brazos, se había apartado de ellos a toda prisa una vez que todo hubo terminado. Se quedaron dormidos abrazados, pero, cuando él se despertó poco después, la cama estaba vacía. Cuando llegó al salón, Bree ya se había duchado y vestido y le había propuesto que jugaran a algo, como si lo anterior no hubiese sucedido.

Él decidió seguirle el juego, ya que no sabía qué camino seguir. Se había dejado guiar por el instinto y buscado lo que deseaba. No había habido reflexión ni discusión. Pero lo único que sabía era que se moría por volver a acariciarla, aunque no sabía si decírselo haría que ella se lanzara a sus brazos o saliera corriendo.

—Pues o tenemos un maratón de sexo o me vuelvo a sentar ante el ordenador —la amenazó.

Era una amenaza vacía, ya que, en realidad, no quería volver a hacerlo. No estaba dispuesto a reconocer ante nadie, y mucho menos ante ella, que estaba disfrutando de estar desconectado. Había desviado las llamadas a su secretaria y a Keith, y el funcionamiento general del estudio de grabación estaba controlado. Quedaban sus cuentas personales, pero, considerando lo que estaba sucediendo, prefería no adentrarse en ellas.

Antes de desconectarse del todo, había mandado un mensaje de texto a su madre para decirle que no estaría localizable durante unos días y que no se preocupase. Nadie más le importaba.

Así que solo tenía un juego de mesa para no pensar en Bree, lo cual funcionó durante un rato. Pasaron una hora comprando propiedades. Era fácil y divertido. Le resultó más agradable de lo que esperaba, casi como si se hubiera detenido a respirar hondo después de correr un maratón. Y llevaba corriendo desde los diecinueve años.

Bree lanzó los dados y movió la ficha a una de sus propiedades verdes con un hotel.

Ian levantó una carta.

—Son cuatrocientos dólares.

—Casi me has dejado en bancarrota —Bree le entregó las golosinas—. Solo me queda esta chocolatina —lo miró y se la metió en la boca—. Tengo hambre. Se acabó el juego. Has ganado.

—Estupendo. Yo también estoy hambriento —Ian desenvolvió una chocolatina y se la comió. Era hora de cenar—. A ver qué se nos ocurre preparar.

Se levantó con sus ganancias y volvió a llevarlas al cajón de la cocina. Abrió la despensa y miró en su interior. No solía tener muchas cosas allí, pero siempre quedaban alimentos que no caducaban de una estancia a la siguiente.

—Mira qué hay en el congelador —dijo.

Bree abrió la puerta.

—Polos, masa de hojaldre… —agarró algo—. Y dos chuletas que parecen estar bien.

Ian le quitó el paquete. La fecha de congelación era del martes anterior.

—Dios bendiga a Patty.

En una cesta sobre la encimera había patatas, cebollas y otras hortalizas.

—Esta noche vamos a cenar como reyes —añadió.

Ninguno era un cocinero experto, pero les salió bastante bien. Descongelaron las chuletas en el microondas al tiempo que asaban las patatas en el horno. Mientras hacían las chuletas a la parrilla, cocieron unas judías verdes. Una hora después, la cena estaba en la mesa, acompañada de una botella de vino.

El fuego ardía en la chimenea del comedor. La comida y la compañía eran agradables. Ian había esperado un fin de semana romántico, pero aquello era mejor.

—Me siento culpable —dijo Bree mientras cenaban.

—¿Por qué?

—Es viernes por la noche y estoy en la montaña comiendo y bebiendo algo que no es para llevar.

Ian rio.

—¿Y qué hay de malo en ello?

—Hace seis años que no libro un viernes por la noche. Los viernes por las noche ensayamos el banquete. Ahora mismo, los señores Conner están en nuestro local. Dentro de unos minutos, se montarán en una limusina y se dirigirán al centro de la ciudad para ensayar el banquete en un restaurante. Debería estar allí.

—¿Quién va a hacer las fotos?

—Tenemos un fotógrafo para grandes bodas y emergencias como la de hoy. Willie cubrirá el ensayo de la cena y, mañana, la ceremonia.

—¿Cuándo fue la última vez que libraste un fin de semana?

—Mmm…—ella titubeó mientras miraba hacia

el techo para calcularlo–. Creo que no he tenido ninguno libre desde la facultad. Tal vez alguno en Navidad, porque la gente no se casa en esas fechas, pero eso es todo. Los primeros años trabajamos casi todos los días del año. Ahora libro los martes y miércoles. Ese es mi fin de semana.

Ian lo entendía perfectamente. Partir de cero implicaba años de duro trabajo para hacer todo lo necesario.

–Teniendo en cuenta la lata que me has dado por lo mucho que trabajo… Dijo la sartén al cazo: retírate que me tiznas.

Bree dio un largo sorbo de vino antes de responder.

–Puede, pero me encanta lo que hago. Cuando a uno le encanta lo que hace, no le importa trabajar en ello todos los días, ¿verdad?

Él asintió. Ahí estaba la diferencia. Él se mataba a trabajar porque no tenía nada más que hacer. No le apasionaba producir discos.

–¿Y tu vida personal? ¿Tienes tiempo para relacionarte?

–Si me preguntas si salgo con alguien, la respuesta es que no –le sonrió–. Aunque esa pregunta debieras habérmela hecho esta tarde antes de… –se sonrojó–. Pero no –carraspeó–, hace años que no tengo una relación seria.

Ian se sintió aliviado. Deseaba a Bree, pero no quería que ninguno de los dos se sintiera culpable por lo que habían hecho, sobre todo porque quería volver a hacerlo.

—Yo tampoco, aparte de Missy, claro. Antes de ella, no había salido con nadie más que unos meses. Y no me habría molestado en salir con ella, si no se me hubiera puesto a tiro.

—Ya sabes lo que dicen de la fruta que cuelga en una rama baja y es fácil de agarrar: no es tan buena ni tan dulce como la que está más arriba. Eso sí, tienes que estar dispuesto a esforzarte para alcanzarla.

Ian rio.

—Sí, yo siempre he agarrado la que cuelga más baja. No he tenido tiempo para nada más en una relación. Pero es una pena. Si algo he sacado en claro del asunto con Missy es que me atrae mucho la idea de formar una familia. Solo que no quería hacerlo con ella.

—No me extraña.

Ian suspiró y se recostó en la silla. A pesar de que habían hablado sin parar, se había comido todo lo que habían preparado y todavía le apetecía un dulce. Tal vez tuviera que recurrir a sus ganancias del Monopoly.

Miró a Bree, que masticaba y miraba por la ventana. Estaba tan hermosa como siempre, pero parecía que la conversación la había dejado algo decaída. No sabía si era porque padecía exceso de trabajo o porque la ausencia de vida amorosa la molestaba.

—Parece que a los dos nos vendrían bien unas vacaciones —apuntó él, en un intento de animar la conversación.

La tristeza desapareció del rostro de Bree y pareció volver al presente. Sonrió y miró a su alrededor.

–¿Cómo llamarías a esto?

Probablemente fuera lo más parecido a unas vacaciones que Ian había tenido, pero no lo eran. Lo único que demostraba aquello era que necesita una tormenta de nieve para relajarse.

–Lo llamo cautiverio. Por vacaciones, me refiero a playas, brisas cálidas y loción bronceadora; biquinis, bebidas espumosas y baños nocturnos desnudo en una piscina privada.

Ella lo miró con los ojos como platos. Tenía las mejillas rojas y los labios entreabiertos. De repente, Bree se puso rígida y recuperó la compostura.

–Es una gran idea. Deberías ir cuando tengas otra amiga.

–¿Y si ya la tengo?

Bree respiró hondo.

–Creo que debemos sobrevivir a este viaje antes de pensar en otro.

–¿Puedo hacerte una foto?

Ian la miró con el ceño fruncido. Habían puesto el lavaplatos y recogido la cocina juntos. Después, él se había ido al salón con una copa de vino a relajarse. Bree lo había seguido, había agarrado la cámara y había comenzado a revisarla. La conversación de la cena la estaba haciendo reflexionar.

¿Unas vacaciones? ¿Juntos? Sí, habían tenido sexo, pero sabía que eso no iba a ninguna parte. ¿Lo sabía él? Parecía que no.

Cuando la vida se complicaba, Bree utilizaba la

cámara como escudo frente a la realidad. Para protegerse de la tentación que suponía Ian, la cámara era su mejor recurso.

A juzgar por la expresión de su rostro, Ian no esperaba su pregunta, sobre todo después de que ella hubiera rechazado torpemente su propuesta de unas vacaciones en el Caribe.

—¿Para qué quieres hacérmela?

Ella se encogió de hombros. No podía contarle el motivo inicial. Al mismo tiempo deseaba tener fotos de aquel fin de semana para recordarlo.

—Es lo que hago —lo miró por el objetivo y le hizo una foto rápida para comprobar la luz de la habitación.

Al mirarla recordó lo fotogénico que era Ian. Era guapo, con sus ojos verdes y la mandíbula cuadrada. Tenía rasgos masculinos, pero refinados. El cabello oscuro era espeso y ondulado.

Al ser fotografiado había energía masculina en la foto. Y si la miraba de cerca, signos de cansancio y estrés de muchos meses. Reconoció en él la misma expresión que en su padre. Era un cansancio que derivaba de meses trabajando a un ritmo insano para triunfar a toda costa.

Por eso no podía ir a la playa con él. Cuando salieran de allí, todo volvería a ser como antes y la apartaría de su lado por el trabajo. Si ella sacaba tiempo de su trabajo para mantener una relación, quería que la otra persona estuviera dispuesta a hacer lo mismo.

—¿Me quedo sentado como estoy? ¿O prefieres

que me desnude? –preguntó él con una sonrisa pícara.

Ella suspiró.

–Con ropa, como estás. No he hecho desnudos desde el trabajo en la facultad sobre la forma humana. No me gustan mucho.

–A mí no me importa –prosiguió él sin hacerle caso–. Te he visto admirando mi sorprendente y masculino físico hace unas horas. Si quieres hacerme una foto y colgarla encima de la chimenea, lo entenderé perfectamente.

–Nada de desnudos ni de egos. Tengo que poder meter tu cabeza entera en la foto.

Lo que de verdad deseaba era hacerle una foto tocando la guitarra. En sus viejos álbumes de recortes había muchas páginas con fotos de Ian tocando en el café, en un banco del parque, en el dormitorio de la residencia e incluso en el escenario de la facultad. Le parecía adecuado añadir otra foto a su colección.

–Lo que de verdad me gustaría es hacerte una foto tocando.

Ian frunció el ceño, tal como ella esperaba.

–No tengo intención de repetir la actuación de anoche.

Bree se puso la cámara en el regazo.

–Ian, por favor. Puedes tocar lo que quieras. Deja que te haga unas fotos.

Él suspiró, se inclinó hacia delante para apoyar los codos en las rodillas y la miró.

–Bree, sé que sigues pensando en mí como

el Ian que conociste en la universidad. A mí me pasa lo mismo contigo. Te veo y recuerdo cómo intentaba distinguirte entre la multitud en el café o cuando me ayudabas a estudiar para un examen final. Pero ya no somos los de entonces. De eso hace mucho tiempo, y los dos hemos madurado. La persona a la que recuerdas, el músico encantador que tocaba la guitarra, hace mucho tiempo que desapareció.

Pero anoche...

—Anoche —la interrumpió él— toqué por los viejos tiempos. Nada ha cambiado. No me va a dar por agarrar la guitarra y retomar mi carrera musical donde la dejé hace nueve años. Esos eran los sueños de un adolescente irreflexivo.

Y esas eran las palabras de un hombre amargado porque sus sueños no se habían hecho realidad. A Bree le entristeció pensar que una sola persona hubiera tenido el poder de hacerlo abandonar todo. Se había distanciado tanto de la música que ni siquiera quería agarrar una guitarra.

Al menos podría tocar por diversión, sin pensar que iba a ser una estrella del rock. A ella le gustaba la fotografía y tenía un éxito moderado, pero no esperaba trabajar para *Vanity Fair*. Hacía fotos porque le gustaba. ¿No era suficiente?

—¿Me harías el favor de contestarme a una pregunta, Ian?

Bree se percató de que no quería hacerlo, pero que lo haría por miedo a que ella siguiera hablando de lo mismo.

—Una pregunta. Y después cambiamos de tema y me fotografías desnudo.

Bree frunció los labios para contener su irritación.

—¿Por qué el tener un famoso sello discográfico te impide tocar la guitarra? ¿Por qué no puedes hacer las dos cosas?

Él entrecerró los ojos.

—Eso son dos preguntas —apuntó él esquivando ambas.

—Maldita sea, Ian. Vamos, sé que te sigue gustando tocar.

—Claro que sí. Cuando agarré la guitarra anoche fue como reencontrarme con un hermano largamente perdido, como volver a casa. Si sientes la música en el alma, no puedes cerrar la puerta y tirar la llave. Siempre estará ahí. Trato de canalizarla en los artistas de mi sello, pero no desaparece.

—Entonces, ¿por qué te torturas? ¿Por qué no tocas si es lo que deseas?

—¡Porque me sigue haciendo daño, Bree! —gritó—. Perdona, no era mi intención gritarte. Me resulta más fácil no tocar. Si no toco, puedo olvidarme de todos los planes que no fructificaron y decirme que simplemente fue una fase por la que pasé; que no era lo bastante bueno, así que no perdí la oportunidad de mi vida; que por mucho que hubiera practicado no habría dejado de perder a la persona más importante de mi vida.

Bree fue a responderle, pero se detuvo. Lo miró a los ojos y supo con certeza que se refería a ella.

Tragó saliva e intentó elegir acertadamente las palabras.

—No me perdiste porque creyera no que no eras un buen músico, Ian. Creía que eras un músico estupendo.

—Entonces, te perdí porque abandoné —Ian se encogió de hombros—. A nadie le gustan los que no perseveran.

Bree dejó la cámara, se sentó a su lado en el sofá y lo agarró de las manos.

—Ni mucho menos. Te quería, Ian, y resultaba que tocabas la guitarra. Pero eso no era todo lo que eras, del mismo modo que el hecho de que yo hiciera fotos no era todo lo que yo era ni lo que soy. Me encantaba tu espíritu, tu amabilidad, que siempre me sostuvieras la puerta para pasar y que me ayudaras a cargar con el equipo por muy lejos que fuera. Me encantaba tu sonrisa, lo mucho que te gustaban los animales y lo que te emocionaba la idea de tener un perro cuando te licenciaras. Recuerdo que ya habías elegido la raza y el nombre.

—Gibson —dijo él con la sorpresa reflejada en el rostro, lo que demostraba que lo había olvidado por completo hasta ese momento.

—Había miles de cosas que me encantaban de ti y que no tenían nada que ver con la música.

Él la traspasó con la mirada. Bree sintió una opresión en el pecho como si él le estuviera retorciendo la caja torácica con las manos.

—Entonces, ¿por qué me dejaste?

Bree tragó saliva.

—No te dejé, Ian. Me dejaste tú. No lo hiciste a propósito, pero abandonar la música te cambió. Día tras día, el Ian que conocía fue desapareciendo y no hubo nada que pudiera hacer o decir para recuperarlo.

—Sigo aquí, Bree.

—Demuéstramelo. Muéstrame que dentro del consejero delegado de SpinTrax está el hombre al que amé, el que haría cualquier cosa por hacerme sonreír —Bree se levantó y fue al armario donde estaba guardada la guitarra. Volvió con ella y se la tendió.

Ian vaciló. Tenía las mandíbulas apretadas y los músculos del cuello y los hombros en tensión. Miró al guitarra, pero no la agarró. Ella notó que deseaba hacerlo, pero que se debatía en una lucha interior que Bree no entendía.

—Entonces, no lo hagas por mí, Ian. Hace mucho que no estamos enamorados y no me debes nada. Pero te debes mucho a ti mismo. Hazlo por ti. Toca la guitarra, compón nuevas canciones. Tal vez descubras que hacerlo es menos doloroso que guardártelo en tu interior.

Él agarró la guitarra y se pasó la correa por la cabeza.

—¿Qué quieres que toque?

—Lo que quieras. Solo quiero captar el momento.

Bree retrocedió unos pasos y volvió a agarrar la cámara. Mientras la encendía y la ajustaba, oyó las notas de una canción del grupo Kansas, que había sido una de las favoritas de Ian.

Cuando comenzó a cantar, su voz de barítono llenó la estancia.

Bree retrocedió y se agachó para hacer la primera fotografía. Después de enfocar a Ian, se detuvo cuando estaba a punto de apretar el botón. Se limitó a mirarlo. Tenía los ojos cerrados y sus dedos se movían ágilmente por las cuerdas. Cantaba con tanta emoción, que la melancólica letra la conmovió como si la hubiera escrito él mismo.

Solo le hizo dos o tres fotos. No soportaba que el clic de la cámara interrumpiera la canción, lo cual era paradójico, ya que su deseo de fotografiarlo había provocado aquella discusión. A mitad de la canción, dejó la cámara en su regazo y se limitó a escuchar.

A las últimas notas siguió un denso silencio. De pronto, la casa pareció vacía sin la música. Bree suponía que él dejaría la guitarra inmediatamente, ya que la había complacido, pero siguió con ella en las manos, acariciando la madera.

—Gracias —dijo él, por fin.

Capítulo Ocho

A la mañana siguiente, a Bree le despertó un sonido familiar. Al principio creyó que soñaba, pero volvió a oírlo y supo que era real. Tumbada de espaldas, rodó sobre sí misma, abrió un ojo y vio que Ian estaba al lado de la cama con la cámara y que le estaba haciendo fotos.

Bree se incorporó de inmediato al tiempo que se dio cuenta de que estaba desnuda. Tiró de las sábanas para cubrirse los senos rogando que él no le hubiera hecho una foto así. Habían pasado la noche juntos, y su ropa esta diseminada por la habitación. Ian, por supuesto, estaba vestido, lo cual suponía una clara desventaja para ella.

—¿Qué haces?

Ian frunció los labios, irritado, y bajó la cámara.

—Estaba haciéndole fotos a una hermosa mujer mientras dormía, pero el momento ha pasado.

Bree se inclinó a un lado de la cama, recogió su camisa del suelo y se la puso.

—¿Por qué me sacas fotos?

—¿Por qué se las sacas tú a otra gente?

Ella frunció el ceño.

—No te gusta que te hagan fotos —observó él.

Bree frunció la nariz.

–No.

–Una fotógrafa que detesta que le hagan fotos. ¿Cómo es posible?

Bree se apartó el cabello de la cara y tiró aún más de las sábanas. La camisa era muy fina y no se sentía vestida.

–Por si te interesa, prefiero estar detrás de la cámara.

Ian alzó la cámara y le sacó otra foto.

–Ahora que lo dices, recuerdo que eras tú la que siempre andaba haciendo fotos. Por aquel entonces, no les presté mucha atención. Pero cuando te fuiste a Utah eché un vistazo a tus antiguas fotos y comprobé con frustración que no estabas en ninguna. Supongo que tu aversión a que te hagan fotos viene de lejos. Pero en aquella época no me di cuenta.

A Bree le resultaba difícil imaginárselo revisando fotos antiguas, buscándola después de haberse ido. Creía que, incluso antes de haberlo hecho, ya la había olvidado.

–No me hago fotos desde que mis padres me regalaron una cámara por mi décimo cumpleaños.

–Es una lástima, porque eres más guapa que la mayor parte de las mujeres que salen en las revistas. Deberías pasar más tiempo delante de la cámara, para variar. Le harías un favor a la sociedad.

Ella negó con la cabeza, sin hacer caso de sus intentos de halagarla. En lugar de ello, recordó la discusión de la noche anterior sobre fotos de desnudos.

—No me has hecho ninguna foto desnuda, ¿verdad?

—Estás desnuda en todas, pero tumbada de espaldas. No se ve nada.

Ella apretó los dientes.

—Como se me vea tan solo un pezón…

Él levantó las manos poniéndose a la defensiva.

—No se te verá, te lo prometo. Solo son imágenes de un ángel durmiendo en mi cama.

Bree se lo creería cuando lo viera. Miró los rayos de sol que entraban por la ventana.

—¿Qué hora es?

—Las ocho y media, más o menos. Me he despertado a las seis, como suelo hacer. Lo de ayer fue una excepción. Me he duchado y vestido, he hecho café y he visto la previsión meteorológica. Tengo buenas noticias.

—¿Me has preparado el desayuno y me lo vas a traer a la cama?

—No, pero no es mala idea. Tenía que haberlo pensado.

Ella se dejó caer sobre la almohada. Era demasiado temprano para jugar a las adivinanzas.

—Entonces, ¿qué es?

—Parece que hoy la temperatura alcanzará los quinces grados. He oído pasar las máquinas quitanieves. Se espera que la mayor parte de la nieve de las carreteras se derrita. Con un poco de suerte, mañana por la mañana podremos irnos a casa.

Brees sonrió porque era lo que debía hacer, pero la noticia no la alegró. Estar aislados por la nieve le parecía una situación ideal para los dos. Habían pasado mucho tiempo hablando y volviendo a conocerse. Parecía que todo era como antes, aunque no fuera verdad. Y eso sería evidente en cuanto llegaran a Nashville.

—Estupendo —dijo fingiendo que se alegraba. Entonces, debemos aprovechar al máximo nuestro último día aquí.

—Tienes razón —afirmó él dejando la cámara en la mesilla—. No te muevas. Vuelvo enseguida.

Bree lo esperó pacientemente. Ian volvió al cabo de unos minutos con una bandeja con fruta, tostadas, mermelada y café. La dejó ante ella, se quitó los zapatos y se metió en la cama.

—Desayuno en la cama —anunció.

Bree se inclinó para besarlo y él la atrajo hacia sí. Ella quería perderse en él, aprovechar aquellos momentos, pero no debía. Cuanto más se acercara a él, más decepcionado se sentiría cuando se separaran.

—Ten cuidado —dijo mientras se apartaba de él—, no vayas a derramar el café.

Ian se sentó a regañadientes y comenzaron a comer. Bree untó una tostada con mantequilla y mermelada y le dio un mordisco.

—¿Puedo hacerte una pregunta? —dijo él.

Bree vaciló. ¿Qué pregunta querría hacerle? Llevaba despierta menos de diez minutos.

—Desde luego.

—El jueves por la noche tengo que ir a una fiesta de la industria musical. Habrá cócteles, conversaciones superficiales, algo de baile… Es la clase de fiesta que no me gusta en absoluto, pero debo ir. Y tengo que llevar a una acompañante.

A ella se le cortó la respiración. ¿Le estaba pidiendo que saliera con él cuando volvieran a Nashville? Eran palabras mayores, porque suponían que él reconocía la viabilidad de su relación fuera de la cabaña. Lo había dado a entender al fantasear sobre las vacaciones, pero aquello era un plan concreto.

¿Podía haber algo más? Anhelaba y temía a la vez hallar la respuesta.

–La semana pasada comuniqué que iría con Missy –prosiguió él sin darse cuenta de lo tensa que ella se había puesto–. Como es evidente, ya no será así. Podría ir solo, pero no quiero enfrentarme a toda esa gente sin ayuda. Como me he desconectado, no sé no sé cómo se habrán tomado el escándalo del falso embarazo, pero estoy seguro de que todos susurrarán a mis espaldas o me compadecerán. Creo que si me presento con una rubia despampanante del brazo, los haré callar. También puede resultar muy divertido que me acompañes. ¿Qué te parece? ¿Te gustaría acompañarme?

Bree titubeó. Deseaba ir, pero temía aceptar. Si lo que pretendía Ian era tener vida fuera del trabajo, debiera apoyarlo, o no podría criticarlo. El jueves por la noche no trabajaba. Podía ir. Quería ir, pero no sabía si debía. Una glamurosa noche, con champán, gente importante, cuerpos apretados bailando en un suelo de mármol… ¿Resistiría su corazón un asalto romántico de ese calibre?

—De acuerdo.

Ian sonrió de oreja a oreja.

—¿En serio? Estupendo. Creo que te divertirás. Te presentaré a algunos músicos. ¿Te gusta Jack Wheeler?

Bree lo miró con los ojos como platos. Jack Wheeler había formado parte de una de las bandas de rock más importantes. Era un icono del rock. Además, era fotógrafo y había publicado varios libros, expuesto en diversas galerías y trabajado para algunas revistas. Por supuesto que le gustaría conocerlo. Sería genial.

—Claro —afirmó intentando no parecer demasiado entusiasmada.

Eso hizo que otra preocupación, de naturaleza más frívola, la asaltara. Iba a ir a una fiesta con estrellas del rock. ¿Qué se pondría? Comenzó a sentir pánico. No solía ponerse de tiros largos. Para trabajar llevaba pantalones y blusa negros para moverse con comodidad y pasar desapercibida en la celebración de la boda. Tal vez tuviera un vestido de noche. O quizá Amelia tuviera uno. Tenían casi la misma talla, aunque su amiga tenía mucho más pecho. Tendría que ir de compras. No quería avergonzar a Ian delante de sus colegas.

—¿Qué te pasa? —preguntó él—. No pareces muy entusiasmada. Si no quieres, no tienes que hacerlo.

—No, no. Quiero ir, pero no sé qué ponerme.

—Por lo que he visto en eventos parecidos, algo elegante y con lentejuelas. Y, por si te interesa mi opinión, que sea más bien corto y ajustado, para que me pase toda la velada pensando en cómo te lo quitarás cuando volvamos a casa.

Bree sonrió.

—Iré de compras cuando vuelva a Nashville. O asaltaré el armario de Amelia. Ella sabrá qué hacer. Es la entendida en moda. Yo solo soy la fotógrafa.

—Siempre detrás de la cámara.

—Es lo que prefiero.

Ian levantó la bandeja vacía y la dejó en la mesilla antes de acurrucarse a su lado.

—Y yo te prefiero sin esa camisa encima. Vamos a aprovechar nuestro último día —dijo antes de atraerla hacia sí y besarla profunda y apasionadamente.

En el momento en que los labios masculinos tocaron los de ella, las preocupaciones de Bree se desvanecieron, y solo quedaron ellos dos en su último día en el refugio de la cabaña. Al día siguiente, volverían al mundo real. Y a pesar del cuidado que había puesto en contenerse con respecto a él, no sería capaz de resistirse mucho más. Pronto cedería y sería suya, sin importarle las consecuencias. Había tratado de ser fuerte, pero sus caricias y sus palabras la debilitaban.

Resistirse era inútil.

A la mañana siguiente, Ian salió al porche principal e inspiró el aire fresco de la montaña. Se habían vuelto a abrir las carreteras. Su estancia allí había terminado.

Por alguna razón, eso lo molestaba. No sabía por qué. Debiera estar contento de volver a casa, al trabajo y a su vida habitual, pero, de repente, esa vida, había perdido todo su atractivo y le parecía vacía y monótona.

Era muy propio de Bree haber sembrado en él las semillas de la duda en solo unos días. Él llevaba nueve años sin tocar la guitarra ni componer una canción. Si no pensaba en ello se sentía bien. Pero estaba deseando volver a hacerlo, a pesar de que no era eso en lo que debiera emplear su tiempo y su energía. Se hallaba a cuatro horas en coche de Nashville y de los problemas personales y profesionales que le esperaban como consecuencia del escándalo del falso embarazo.

No tenía ganas de enfrentarse a ellos ni, sobre todo, a Missy. Aunque ya no fuera su prometida, seguía siendo una de sus artistas. Hasta que su contrato venciera, tendrían que trabajar juntos, aunque no por mucho tiempo En cuestión de aproximadamente un mes, no tendría que volver a pensar en ella.

Bree salió al porche con las bolsas de la cámara y el equipo para meterlas en el todoterreno. Aquella era la otra mujer que no podía quitarse de la cabeza. Si Ian fuera inteligente, cortaría todos los vínculos y no volvería a pensar en ella, pero eso no iba a suceder. En lo referente a su amor universitario, era el hombre más tonto del mundo.

—Deja que te ayude —dijo él al tiempo que le quitaba una bolsa del hombro.

—Gracias, pero puedo hacerlo sola. Estoy acostumbrada a moverme con todo el equipo, como sabes.

—¿Hay algo más?

—Mi mochila y el trípode. Están en el salón.

—Voy a por ellos.

Ian entró, vio la mochila y el trípode y los agarró. Después, echó una rápida ojeada a la casa, pero no vio nada más que fuera de Bree. Salió y le dio las cosas a Bree para que las metiera en el coche.

—Creo que ya está todo —Bree, nerviosa, cambiaba el peso de un pie a otro con las manos en los bolsillos traseros del pantalón.

Llevaba el pelo recogido en una trenza como el día que habían jugado con la nieve. El recuerdo amenazó con avivar el deseo de Ian, pero no era el momento. El día anterior se había saciado de ella. Tendría que esperar por lo menos hasta el jueves. Aunque quisiera verla antes, tardaría días en solucionar lo que le esperaba.

—Han sido unos días increíbles, ¿verdad? —dijo ella.

Ian la abrazó.

—No era lo que me esperaba cuando subí, desde luego.

Ella lo miró sonriendo.

—La vida no siempre es como la planeamos. A veces resulta mucho mejor.

—Esta vez ha sido mucho mejor —Ian la besó en la boca y ella se apretó contra él. Ian deseó apoyarla en el coche, desnudarla y hacerle el amor una vez más–. ¿No puedes quedarte una hora más? –murmuró con los labios pegados a los de ella.

Ella negó con la cabeza y se separó de él contra su voluntad.

–No. Ayer le dije a Natalie que volvería a tiempo para ayudarla a limpiar el local después de la boda de los Conner.

–Pues que te diviertas limpiando.

–Hasta el jueves –dijo ella con una sonrisa algo forzada. Parecía tener tan pocas ganas de marcharse como él de que se fuese.

Ian asintió.

–Muy bien. Te recogeré a las siete de la tarde.

–Estaré preparada. No te olvides de llevarte a casa la guitarra. Después de la fiesta, quiero que vuelvas a tocar para mí, pero desnudo esta vez.

Sus palabras encerraban la promesa de una noche seductora, pero Ian se puso rígido contra su voluntad.

–Conduce con cuidado.

Bree lo abrazó y se montó en el coche. Él subió al porche y observó el vehículo alejarse por la carretera llena de curvas. En cuanto las luces traseras desaparecieron, comenzó a sentirse muy ansioso.

Las cosas no iban bien. Debiera haberse despedido de Bree y haber devuelto su relación con ella al estante que le correspondía. En lugar de ello, le había pedido que lo acompañara a una fiesta. Y quería que fuera. Creía que ella se lo pasaría bien, y lo excitaba la idea de verla con un vestido ajustado y de alargar la relación más allá del tiempo pasa-

117

do en la montaña. Pero ese no era el problema: el problema era que estaba retrasando lo inevitable.

Su relación no funcionaría. Lo supo en cuanto volvió a verla, porque Bree no deseaba al Ian productor musical, sino al Ian músico. Quería retrasar el reloj nueve años y fingir que todo lo que él había hecho después no importaba.

Él no volvería a ser el músico idealista de la facultad que había sido cuando era joven y estaba emocionado ante su futuro. Había madurado y deseó que ella también lo hiciera.

Suspiró y entró en la casa para comenzar a cerrarlo todo. Bajó el termostato, corrió las cortinas y comprobó las cerraduras. Sacó la comida que pudiera caducar de la nevera y dejó la basura en el garaje para que Rick la tirara. Después comprobó que no se había dejado nada en la habitación ni en el cuarto de baño y llevó la bolsa de viaje a la entrada. Se detuvo a mirar la guitarra que estaba apoyada al lado de la puerta.

Debía tomar una decisión que, sin Bree para presionarle, dependía exclusivamente de él. Y era más difícil de lo que se había esperado.

Luchaba contra sí mismo para no desear la misma fantasía de Bree. Era fácil olvidarse de sus sueños cuando estos se hallaban enterrados en un armario con la guitarra. Bree le había hablado de su potencial y de su música con tanta pasión que casi lo había convencido de que podía hacer realidad su sueño y seguir con su compañía discográfica.

La compañía le robaba tanto tiempo que no podía ni quedar con una mujer. Antes de que apareciera Missy, llevaba meses sin salir.

¿Cómo iba a trabajar en SpinTrax, salir con Bree y relanzar su carrera musical? Era imposible. Al menos, una de las tres cosas se resentiría, y estaba seguro de que no sería la compañía, ya que cien personas dependían de su éxito. Pero Bree no toleraría no ser la primera en su lista de prioridades, lo cual haría que la música quedara en último lugar. ¿E iba a soportar tocar sabiendo que no le conduciría a ninguna parte?

Le sonó el teléfono móvil. Vio el número de Keith en la pantalla.

—Hola, Keith.

Mira quien ha vuelvo al reino de los vivos. ¿Has disfrutado al no tener contacto con el mundo moderno?

Ian rio. No había creído que fuera a disfrutar, pero le había resultado fácil pasar el tiempo con Bree desnuda y dispuesta debajo de él.

—Necesitaba un descanso y lo he tenido. Ahora estoy listo para volver al ataque.

—Muy bien, porque todos esperan ansiosos tu vuelta. Parezco tu relaciones públicas. Varias revistas han llamado para conocer tu versión de los hechos con respecto al asunto de Missy. Y las emisoras de radio reclaman tu presencia.

Ian suspiró.

—¿Ha ocurrido algo importante, aparte del escándalo de Missy?

—El resto de tus artistas está bien. Las únicas llamadas que he recibido en los últimos días han sido del mánager de Missy. Y, sorpresa, sorpresa: quiere un nuevo contrato porque las cifras de ventas de Missy han subido.

–De ninguna manera. Que se vaya a otra discográfica. Seguro que hay alguien que la quiere.

Ian se inclinó, agarró la bolsa, fue al garaje y la echó a la parte trasera de su coche.

–Se lo transmitiré –dijo Keith– en un lenguaje legal adecuado.

–Gracias. Voy a salir dentro de cinco minutos e iré directamente al despacho. Nos veremos dentro de unas horas.

–Estoy deseando que vuelvas. Hasta luego –dijo Keith.

Ian colgó y entró de nuevo en la casa. Al hablar con Keith se había vuelto a sentir normal. Su negocio era lo que regía su vida, y estaba listo para volver a él.

Volvió a mirar la guitarra. No había sitio en su vida para ella, pero le resultaba imposible dejarla allí, como tampoco podía dejar a Bree.

Al final, la guitarra fue en el asiento trasero del coche con todo lo demás.

Capítulo Nueve

—¡Vaya! —fue lo único que pudo decir Ian.

Bree enarcó una ceja y se miró el vestido, confusa.

—Sí, vaya —repitió él.

Bree estaba increíble. Él esperaba que eligiera un vestido negro, pero era rojo y con encajes. No era escotado, tenía manga larga y le llegaba a la altura de la rodilla, pero era lo más sexy que había visto en su vida. Se le ajustaba como un guante y era prácticamente transparente. Ian veía su piel pálida. Era imposible que llevara braguitas. Y se le secó la boca al darse cuenta.

—Es nuevo —dijo ella encogiéndose levemente de hombros—. Las chicas me han llevado de compras y me han ayudado a elegirlo. ¿Está bien para la fiesta?

—Está muy bien. Es fantástico. Y tienes un aspecto increíble. De hecho, podríamos saltarnos la fiesta y quedarnos en casa.

Bree sonrió. Sus labios pintados de rojo destacaban sobre su pálida piel. Llevaba el pelo recogido en un moño en la nuca, con algunos mechones sueltos. Llevaba sandalias de tacón y no lucía joyas, que no necesitaba, pues brillaba como una de ellas.

—No vas a tener esa suerte. Me prometiste una fiesta con estrellas del rock, y es adonde quiero ir.

—Si insistes. ¿Estás lista para salir?

Si lo estaba, tenían que marcharse inmediatamente, antes de que él cambiara de idea y la poseyera en el sofá de cuero gris que veía detrás de Bree.

—Lo estoy.

Bree agarró el bolso y salió al porche. Cerró la puerta con llave y él la siguió hasta el coche.

La fiesta se celebraba en una mansión de Brentwood, a quince kilómetros del centro de la ciudad. Era la casa de un antiguo cantante y productor musical, Luke Chisholm. Luke había ganado millones, se había hartado del negocio y se había retirado de la escena musical durante varios años. Había vuelto cuatro años antes y había creado su propio sello discográfico, al igual que Ian.

Serían rivales si no fuera porque se centraban en artistas distintos. Ian estaba especializado en música pop y rock, lo cual, en Nashville, era una rareza. Luke, al igual que otros muchos, se dedicaba a la música country. Por eso habían entablado amistad, y siempre hablaban de colaborar con sus artistas, pero nunca se habían decidido a hacerlo.

No tardaron en llegar a la fiesta, de lo que Ian se alegró, porque el simple hecho de estar sentado en el coche con Bree a su lado lo distraía. El borde del vestido se le había subido al sentarse en el coche, mostrando sus muslos, lo cual le supuso una tentación kilómetro tras kilómetro. Estuvo a punto de pasarse de salida de la autopista por estar mirándola de reojo.

Cuando se detuvieron en el aparcamiento, un mozo fue a su encuentro. Ian desmontó, le entregó las llaves, abrió la puerta a Bree y la tomó del brazo para dirigirse a la entrada.

—¿Se celebra esta fiesta por algún motivo especial? —preguntó ella al llegar a la puerta.

—No. Luke suele da una fiesta una o dos veces al año, sin que haya un motivo especial. Siempre intento acudir. Más que nada, es para socializar. Se hace algún negocio, también. Habrá una mezcla de tipos que están en la industria, como yo, algunos artistas y otras personas relacionadas con la industria.

—Muy interesante —afirmó ella, aunque no parecía impresionada—. ¿No se emborrachará alguno y querrá cantar en el karaoke?

Ian rio.

—No, pero teniendo en cuenta que la mitad de los cantantes de Nashville estarán aquí, sería digno de verse.

Un hombre de esmoquin los saludó en la puerta y los condujo desde el vestíbulo al patio de la parte trasera de la mansión.

—¿Es al aire libre? —preguntó Bree frunciendo el ceño—. No he traído nada de abrigo, y este vestido no es que abrigue mucho que digamos. ¿A quién se le ocurre celebrar una fiesta al aire libre en invierno? No estamos en California.

Ian se inclinó hacia ella y le susurró:

–Estoy seguro de que Luke lo tiene todo controlado. Cuida todos los detalles. Mira –le señaló a algunas mujeres al otro lado del cristal–. No parece que esas señoras tengan frío.

Dos puertas cristaleras daban a una gran piscina semicircular. Había una multitud a su alrededor y sobre ella, en plataformas de plexiglás. En los alrededores había altas estufas de gas.

Al salir notaron que casi hacía más calor fuera que dentro.

–Qué bonito –dijo Bree mientras miraba las luces que parpadeaban en los árboles, las mesas con hermosos manteles y los arreglos florales que parecían tocar el cielo–. No te ofendas, pero preferiría estar haciendo fotos que ser una invitada. Quiero hacer fotos de esto, de verdad. ¡Qué flores! A Gretchen le encantarían. Me pregunto con qué florista trabajarán. Pero no te preocupes –observó ella con una sonrisa tímida–. Me portaré bien.

In se echó a reír. Bree se sentía mucho más a gusto detrás de la cámara que pavoneándose frente a ella, pero él deseaba que cambiase. Le bastó echar un rápido vistazo a su alrededor para comprobar que era la mujer más hermosa de la fiesta. Debiera estar tan cómoda delante como detrás de la cámara.

–No habrás traído a escondidas una cámara pequeña en el bolso, ¿verdad?

Ella sonrió.

–Ojalá lo hubiera hecho, pero no soy Mary Poppins.

–Qué pena. Sin ella, tendrás que representar el papel de mi hermosa acompañante –le rodeó la cintura con el brazo y la atrajo hacia sí lo suficiente como para besarla, pero se limitó a susurrarle al oído–: Si te encuentro en un rincón hablando con un fotógrafo, buscaré una forma… creativa de castigarte después.

–Sí, señor –dijo ella con una sonrisa que indicaba que no le importaría.

Se mezclaron con la multitud de gente bien vestida y poderosa. Cuando Ian se inició en el negocio, se había quedado deslumbrado. En aquel momento, era otro día más de trabajo.

Vio un bar en el extremo de la izquierda.

–¿Quieres tomar algo?

–Sí, una copa de vino blanco.

–De acuerdo.

Ian se inclinó para besarla en la mejilla y se alejó a por las bebidas. Había varias personas haciendo cola, Luke, el organizador de la fiesta, entre ellas.

–¿No podría el organizador saltarse la cola?

Luke se volvió y sonrió al ver a Ian. Se estrecharon la mano.

–Pues sí, pero no me importa esperar. Por ejemplo, gracias a ello nos hemos encontrado– la sonrisa le desapareció durante unos segundos–. ¿Cómo estás?

Vaya, eso. Ian había intentado evitar el tema del desastre de Missy, pero era inevitable que surgiera en una fiesta como aquella. La industria musical de Nashville era un pañuelo. Todos se conocían.

–Estoy bien, de verdad. Llegados a este punto, todo me parece surrealista.

–Sabía que Missy era complicada, pero no me esperaba que hiciera algo así –Luke negó con la cabeza–. Ha estado husmeando en mi compañía esta semana. Su mánager llamó el otro día para hablar del deseo de Missy de empezar a cantar música country. Me reí en sus narices.

Ian hizo una mueca.

–Seguro que no eres el único al que está tanteando. Supongo que estará por aquí, ya que es el coto de caza ideal para un artista que necesita que lo contraten.

–Sí, por ahí anda –Luke avanzó para agarrar las bebidas y esperó a que el camarero sirviera las de Ian–. Te he visto llegar con una mujer muy guapa. Esperemos que no te haya visto Missy.

Ian se encogió de hombros.

–Me da igual lo que piense. Después de la semanita que he pasado, me merezco ir del brazo de una mujer que no haya perdido el juicio.

Luke soltó una carcajada.

–Por supuesto, pero ten cuidado con Missy. Montará un escándalo en cualquier caso.

–Lo tendré.

Ian se alegró de no ser el único en darse cuenta de cómo era Missy en realidad.

–Llámame la semana que viene y hablaremos. Tengo que llevarle esta bebida a mi esposa.

Ian asintió y se despidió de su amigo antes de agarrar las bebidas y volver con Bree. La buscó entre la multitud y se quedó paralizado, invadido por el miedo. Luke tenía razón: Missy estaba allí, y había arrinconado a Bree.

Las dos mujeres hablaban, pero Ian sabía que no se trataba de una charla intrascendente. Missy parecía a punto de perder los estribos. Estaban demasiado cerca del borde de la piscina para pelearse, ya que corrían el riesgo de caerse al agua helada.

Ian se dio toda la prisa que pudo en llegar hasta donde estaba Bree.

—¡Missy! —exclamó interrumpiendo lo que estuvieran diciendo. Ian le dio a Bree la copa de vino y la agarró de la cintura. Dio dos largos pasos hacia atrás para que hubiera algo de espacio entre Missy y ellos y para, en cualquier caso, alejarse del borde del agua—. No esperaba verte aquí.

Missy se cruzó de brazos y elevó los senos hasta el límite de la indecencia. También llevaba un vestido rojo, aunque carecía de la elegancia del de Bree. Era de satén, corto y ajustado, con un generoso escote.

—No creerías que iba a huir con el rabo entre las piernas, ¿verdad?

Ian pensó que no tendría esa suerte.

—Por supuesto que no. ¿Por qué ibas a estar avergonzada de mentir y manipular a todo el mundo, sobre todo a mí? Ahora, tendrás que disculparnos…

Ian trató de alejarse de ella.

—Puedes marcharte, pero esto no se ha acabado, Ian —afirmó Missy en un tono que no presagiaba nada bueno.

Él suspiró y se volvió hacia ella.

—Claro que se ha acabado. No hay nada que puedas hacer al respecto, al menos no aquí, si quieres que alguien de la fiesta te contrate. Adiós, Missy.

Antes de que ella pudiera responderle, Ian empujó a Bree en dirección opuesta y la siguió. Cuando llegaron al otro extremo de la multitud se detuvieron.

Bree se apoyó en él y le susurró:

—Gracias por rescatarme. Creí que iba a tirarme a la piscina.

—No me des las gracias. Es culpa mía que ella se haya enfrentado contigo.

Ian respiró hondo. Llevaban menos de diez minutos en la fiesta y las cosas iban de mal en peor.

—¿Qué te ha dicho? —añadió.

Ella se encogió de hombros.

—Pues, lo que suelen decir las mujeres celosas: que quién soy, por qué he venido a la fiesta contigo, si sé quién es ella… Nada excesivamente original. Nos interrumpiste antes de que pudiera contestarle.

Ian se alegró de haber llegado a tiempo. Missy tenía malas pulgas y muy poca vergüenza. No quería que le arruinara la noche a Bree.

Sabía que la fiesta sería muy divertida con ella a su lado. Normalmente se dedicaba a hablar de negocios y a consultar el teléfono móvil. Esa noche no sentía la necesidad de hacer ninguna de las dos cosas. Quería bailar con Bree y presentársela a todo el mundo.

–Siento lo de Missy, Bree. Te había prometido una noche de diversión y, después de lo que ha pasado, no querrás volver a acompañarme a ninguna otra fiesta.

–Missy no me ha asustado. Y en realidad –dijo ella con una sonrisa–, lo único que me habías prometido es que me presentarías a Jack Wheeler.

Era verdad.

–Tienes razón –Ian escudriñó la multitud y vio a Jack sentado con un grupo de otros músicos a los que Bree estaría igualmente encantada de conocer–. Ven conmigo –dijo tomándola de la mano–. Voy a cumplir lo prometido y a presentarte a Jack.

–¿Y después?

–Después te llevaré a casa y te quitaré lentamente el vestido.

Ian cumplió su palabra. Se quedaron aproximadamente una hora más en la fiesta charlando con tantas estrellas de la música que Bree acabó por sentirse mareada. Después se marcharon rápidamente.

Ian aparcó en su plaza y la condujo al ascensor, que los llevó al ático donde él vivía.

Ian comenzó a enseñarle la casa. Tenía el piso de arriba para él solo, con un número innecesario de dormitorios y cuartos de baño, además de un despacho, un gimnasio y un cine.

—Ian, ¿para qué necesitas todo esto?

Él se encogió de hombros.

—No quería una casa en las afueras, sino un piso en la ciudad, cerca del estudio. Y me imagino que pensé que el resto de las habitaciones serían un día para mi esposa y mis hijos. De la que me he librado...

Al final del pasillo, Ian abrió una puerta y dejó que ella entrara primero.

—Esta es mi suite —dijo al tiempo que se quitaba la chaqueta y la dejaba en el respaldo de una silla.

Era otro hermoso espacio.

—Impresionante —dijo—. No tiene nada que ver con la habitación de la residencia de estudiantes y su incómoda cama.

—Menos mal.

Los dos miraron por la ventana los edificios del centro de Nashville recortados sobre el horizonte. Era una vista imponente.

Ella estaba absorta en las luces parpadeantes del centro de la ciudad cuando él se puso detrás. Bree sintió la mano de Ian en el cuello. Este le agarró la cremallera del vestido y se la bajó a lo largo de la espalda. Ella cerró los ojos cuando él siguió el mismo camino con los dedos, acariciándole la piel hasta la base de la columna vertebral. Se estremeció y se le puso la carne de gallina en las piernas y los brazos, que le desapareció cuando él le bajó las mangas y le besó los hombros desnudos.

Ian siguió bajándole el vestido hasta la cintura y le dejó los senos al descubierto. Ella se sacó las mangas y arqueó la espalda para apoyarse en el pecho masculino. Él le puso las manos en los senos y Bree ahogó un grito cuando jugueteó con los endurecidos pezones.

—Esta noche estás preciosa —susurró Ian al tiempo que le lamía el lóbulo de la oreja con la punta de la lengua—. Nunca he deseado a una mujer tanto como te deseo ahora.

—¿Ah, sí? —ronroneó ella mientras le ponía la mano entre los muslos para confirmarlo.

Ian gimió y la agarró de la muñeca para apartársela.

—Todavía no.

Se levantó y ella se sentó en el borde de la cama. Él le puso las manos en los hombros y la empujó hasta tumbarla sobre el lecho. Después, tiró del vestido desde las caderas hasta los pies. Se incorporó para contemplarla completamente desnuda con los ojos brillantes de deseo. Lentamente se quitó la corbata y se desabrochó la camisa.

Bree se deslizó hacia atrás en la cama hasta llegar a las almohadas.

—No me hagas esperar más.

Él, desnudo y protegido por un condón, se puso sobre ella, que no dudó en abrirse de piernas y dejar que se introdujera entre ellas. Él la penetró profundamente.

Bree cerró los ojos para saborear la sensación, la intimidad que creaba entre ambos. Era algo que no había conseguido con otros hombres, pero que nunca le había faltado con él.

Se movieron al unísono, como si fueran un solo cuerpo. Él saboreó su boca, sus senos y su garganta haciéndola soltar leves gritos. Ella se le aferró tensando los músculos en torno a él al sentir que se aproximaba al clímax.

–¡Ian! –gritó.

–Déjate llevar –susurró él junto a su boca.

Bree se rindió, no solo a su petición de dejarse llevar, sino a los pensamientos que le atravesaban el cerebro a toda velocidad. Se había resistido. Pero en ese momento, no quiso seguir haciéndolo.

Quería que la relación con Ian fuera más allá de aquella noche y de la exposición en la galería de la semana siguiente. Quería intentarlo de verdad, y el comportamiento de Ian la había animado a creer que tenían una posibilidad.

Con un poco de equilibrio entre la vida de ambos, podrían hacer que esa segunda oportunidad tuviera éxito. Y ella quería que aquello fuera una segunda oportunidad, no una aventura divertida. Para ella significaba mucho más.

Y si era sincera consigo misma, ya había perdido la batalla. Amaba a Ian, como lo había hecho desde los dieciocho años. Volver a verlo le había hecho revivir el pasado, y estaba cansada de luchar contra sus sentimientos.

Al comenzar a destruir las barreras que le protegían el corazón, cayeron también las últimas barreras de su cuerpo. Una oleada de emoción y placer la invadió con tal rapidez que apenas pudo reaccionar antes de tenerla encima.

–Sí, Ian –susurró mientras se aferraba a sus hombros y los espasmos del clímax le sacudían todo el cuerpo–. ¡Ámame! –gritó una y otra vez hasta que terminó. Unos segundos después, Ian alcanzó su propia liberación y gritó su nombre con la cabeza levantada hacia el candelabro de cristal que había sobre ellos.

Estaba tan absorto en sus sensaciones que no entendió lo que ella le rogaba. «Ámame», le había dicho, pero eso no tenía nada que ver con sus caricias ni con su cuerpo, sino con su corazón.

«¡Ámame!».

Ian se despertó a la mañana siguiente tan temprano como habitualmente. Cualquier otra mañana hubiera extendido el brazo para agarrar el teléfono, comprobar la hora, consultar el correo electrónico y, después, levantarse a toda prisa. Su rutina variaba poco: una ducha, un café, salir de casa a las siete y estar en el despacho a las siete y media.

Pero no ese día.

Ese día, al abrir los ojos, no se vio impulsado a salir de la cama por las sábanas frías a su lado y la luz del sol que entraba por la ventana. Lo único que vio fue el cabello dorado de Bree, que estaba acurrucada a su lado, cómoda y caliente. Su respiración, leve y rítmica, era tranquilizadora, y lo tentó a seguir durmiendo con ella en sus brazos.

Y quería hacerlo. No tenía ganas de levantarse y

comenzar el día, sino de seguir donde estaba todo el tiempo que le fuera posible.

Se apoyó en un codo y la observó dormir durante unos segundos. Tenía la misma expresión serena que él había tratado de captar con la cámara en la montaña. Los labios suaves y carnosos, las mejillas sonrosadas, los mechones rubios sobre la piel de melocotón… Ian quiso guardar en la memoria esa imagen para llevarla siempre consigo.

Aunque, claro, había otra forma de hacerlo.

Sintió una opresión en el pecho al pensar en ello. Tener a Bree allí, despertarse con ella todas las mañanas… era lo que quería. Era mucho mejor que una imagen. Quería que estuviera en sus brazos al despertarse y al quedarse dormido. Saber que ella estaría en su casa todas las noches sería un poderoso estímulo para que deseara volver después de que la jornada laboral llegara a su fin. Necesitaba desesperadamente hallar un equilibrio en su vida, pero llevaba años sin tener un motivo para volver a casa.

A veces, Bree lo enfurecía, pero nadie lo desafiaba como ella. Nadie lo entendía, se preocupaba por él y, tal vez, lo amaba como ella lo hacía. Lo conmovía como ninguna otra mujer lo había hecho. Aunque hubieran pasado mucho más tiempo separados que juntos, estaba dispuesto a que eso cambiara.

Lo abrumó la urgente necesidad de sacudirle el hombro y despertarla. Cuando abriera sus ojos azules y lo mirara, ya sabía lo que le diría exactamente. Tal vez fuera una locura, pero quería decirle que la amaba y pedirle que se casara con él.

No era muy romántico. No tenía anillo ni flores… Ni siquiera llevaba puestos los calzoncillos, pero tenía las palabras en la punta de la lengua, dispuestas a ser pronunciadas.

Bree ronroneó suavemente en sus brazos y rodó sobre sí misma para quedar tumbada de espaldas. Instantes después abrió los ojos, que se posaron lentamente en el rostro masculino. Ella frunció la nariz, presa de confusión.

—Hola –dijo–. ¿Qué pasa?

—Bree, yo… –comenzó a decir, pero le faltó valor para seguir.

No había cambiado de opinión, pero sabía que ella se merecía algo mejor. Tenía que hacerlo bien, con anillo y flores, y en el momento adecuado.

—¿Ian? –Bree lo distrajo de sus planes al acariciarle la mejilla–. ¿Qué pasa?

Él sonrió, le agarró la mano y depositó un leve beso en la palma.

—Quiero tortitas para desayunar.

Ella se echó a reír y negó con la cabeza.

—¿Con que tortitas? Lo dices como si fueras a pedirme que me case contigo o algo así. Qué serio estás. Bueno, ¿qué te parece si nos metemos en esa ducha gigante que tienes? Después, te haré tortitas.

—Me parece estupendo –respondió él.

Capítulo Diez

Ian llegaba tarde. Y no era forma de empezar la noche. Cerró el ordenador portátil y se metió el teléfono móvil en el bolsillo. Se estaba poniendo la chaqueta cuando por el rabillo del ojo vio que algo se movía.

Era Missy.

Estaba en el umbral de la puerta con el aspecto de acabar de salir de un vídeo musical. Llevaba pantalones de cuero, un corsé rojo y negro y unos tacones. Estaba peinada y maquillada para posar delante de una cámara. Era un poco excesivo para un lunes por la noche.

Incluso entonces, con los senos casi saliéndosele por la parte superior del corsé y los labios húmedos componiendo un mohín, a Ian le resultó difícil imaginarse que había dormido con ella, y mucho más que habían estado a punto de casarse.

Tras haber pasado un tiempo con Bree, una belleza mucho más natural, Missy le parecía exagerada.

A juzgar por la expresión tensa y enfadada del rostro, no estaba allí para convencerlo de que volviera con ella.

Lanzó una maldición para sí y rodeó el escritorio. No tenía tiempo para aquello. Ya iba a llegar tarde a la exposición de Bree, y no podía perdérsela. No solo era muy importante para ella, sino que iba a ir más allá de mostrar sus fotografías.

—Ian— dijo Missy mientras entraba tranquilamente en el despacho—. Ahora que estás de vuelta, tenemos que hablar.

Él se sentó y se cruzó de brazos.

—No tenemos nada de que hablar, Missy. Ya te dije por teléfono que habíamos terminado.

Missy soltó una carcajada, un sonido bajo y seductor que era la marca de la casa en sus álbumes y que a él le ponía nervioso.

—¿Crees que he venido a convencerte de que vuelvas conmigo?

Él tragó saliva.

—No sé a qué has venido, Missy.

—Pues puedes empezar a preguntártelo. No he venido a postrarme a tus pies y a suplicarte que me quieras. Nuestra relación solo fue una fantasía que me inventé para vender discos. Y funcionó.

Tenía razón. A pesar del escándalo, las cifras de ventas habían alcanzado valores históricos en Spin-Trax. Ian nunca lograría entender al público. No sabía si a los fans les daba igual cómo viviera Missy o si el escándalo era parte del atractivo.

Él esperaba que ella ingresara en una clínica de rehabilitación y desapareciera durante un tiempo, pero no había tenido esa suerte. Missy absorbía la publicidad como una esponja, fuera buena o mala.

—¿Qué quieres, Missy?

–Sigo siendo valiosa y no voy a consentir que me eches a un lado, Ian.

Él frunció el ceño. Debiera haberse imaginado que estaba allí por asuntos de negocios.

–Si tan valiosa eres, ¿por qué no te vas a otra compañía? Estoy seguro de que habrá alguien por ahí dispuesto a cargar con tus payasadas por dinero –Ian titubeó–. ¿O no merece la pena que se tomen la molestia? ¿Nadie quiere contratarte, Missy?

Supo que estaba en lo cierto al ver cómo ella entornaba los ojos con irritación. Probablemente se hubiera pasado la semana anterior con su mánager tratando de conseguir un nuevo contrato. Si hubiera tenido éxito no estaría allí.

Missy contrajo el rostro y se clavó las uñas en las palmas de las manos.

–Vas a volver a contratarme, Ian.

Al oírlo, él se echó a reír. No fue muy inteligente por su parte, teniendo en cuenta lo cerca que estaba ella de perder los estribos, pero no pudo evitarlo.

–Si no lo haces, voy a demandarte.

Ian frunció el ceño.

–¿Por qué?

–Por acoso sexual.

Ian se quedó sin respiración.

–Missy, haz el favor de decirme cómo te he acosado. Si no recuerdo mal, fuiste tú la que me buscaste y me emborrachaste para llevar a cabo tu plan de seducción. Fuiste tú la que fingió que estabas embarazada para que nos casáramos.

—Pues, verás —contestó ella con una sonrisa taimada–. En realidad, yo no quería tener nada que ver contigo. Llevé la comida para cenar juntos en señal de paz. No esperaba que me exigieras sexo a cambio de otro contrato en tu sello discográfico. No sabía qué hacer, así que cedí a tu insaciable apetito sexual.

—Eso es mentira.

Missy se encogió de hombros.

—Solo estábamos tú y yo allí. Demuestra cuál de las dos versiones es la verdadera.

¿Y cómo explicarás el escándalo de tu falso embarazo?

—Me amenazaste —los ojos de ella estaban muy abiertos y tenían una expresión de inocencia. Actuaba para él–. No tuviste bastante con que me hubiese entregado a ti. No ibas a renovarme el contrato. Incluso me dijiste que arruinarías mi carrera y que no volvería a trabajar en ningún sitio. Así que hice lo que tenía que hacer.

Ian negó con la cabeza.

—Claro, porque casarse con un tipo que te acosa es el mejor de los planes.

—La gente toma decisiones equivocadas bajo presión. Mi abogado buscará a un especialista que suba al estrado a declarar que estaba aterrorizada.

—¿Aterrorizada?

Ian no daba crédito a sus oídos. Missy carecía de prueba alguna que apoyara su vergonzosa historia, pero, con los suficientes abogados y el suficiente dinero, no importaría. Tanto en el juzgado como fuera de él, podía destruirlo y destruir SpinTrax.

Respiró hondo para recobrar la compostura. No podía dejarse dominar por las emociones. Se trataba de un negocio, y él era, en primer lugar y por encima de todo, un hombre de negocios. No iba a consentir que Missy lo manipulara.

Habló con calma.

—Muy bien.

—¿Qué significa eso? ¿Vas a contratarme otra vez?

Él negó con la cabeza.

—Por supuesto que no. No conseguirás otro contrato con SpinTrax, Missy. Así que, adelante, llévame a juicio. Arrastra mi nombre por el barro, me da igual. Lo único que conseguirás es destruir mi sello discográfico y dejar sin empleo a muchos trabajadores. De un modo u otro, acabarás sin contrato. ¿Crees que ahora te está costando venderte? Pues espera a que el presidente de cada sello discográfico de la ciudad sepa lo que me has hecho. Sus abogados impedirán que te acerques a un kilómetro de distancia. Puedes destruirme, pero, al final, nos destruirás a los dos. ¿Es eso lo que quieres?

Missy torció la boca mientras intentaba decidir qué hacer. Ian le acababa de decir que se estaba marcando un farol.

Él no quería perder su compañía ni tener que despedir a sus empleados. Pero si era así, no sería el fin del mundo. Se aseguraría de que todos sus trabajadores consiguieran empleo en otra compañía. Todos tenían talento y se consagraban al trabajo, por lo que no les sería difícil.

La única persona que se quedaría sin trabajo sería él. Y Missy. Estar con Bree le había enseñado que deseaba más de la vida que un próspero negocio. Quería dedicarse a la música, aunque no alcanzara todo el éxito con el que soñaba. T

Deseaba formar una familia y que Bree fuera parte de ella. Y la prueba era el anillo de compromiso que llevaba en el bolsillo del abrigo.

Eso no implicaba que quisiera perder todo lo que había construido, pero, aunque lo perdiera, no se quedaría destrozado. No se lo consentiría a sí mismo. Lo que había hecho una vez podía volver a hacerlo, pero, esa vez, con Bree a su lado. La idea le hizo sentir invencible.

Consultó su reloj con toda la calma que pudo y se dio cuenta de que iba a llegar muy tarde a la exposición de Bree. Para cuando se presentara allí, casi habría acabado. Trató de mirar el reloj con expresión aburrida, ya que no quería que Missy confundiera su ansiedad por el retraso con que le preocuparan sus amenazas.

—Me alegro de que hayamos hablado, Missy. Ha sido muy esclarecedor. Que tu abogado llame al mío y ya hablaremos. De momento, esta conversación se ha acabado. Me están esperando y llego tarde.

—¿Vas a ver a la fotógrafa?

—No es asunto tuyo, pero así es.

Missy se echó el rubio cabello sobre el hombro y alzó la barbilla para mirarlo a los ojos.

—Me parece increíble que la llevaras a la fiesta la

otra noche. Puedes decir lo que quieras, pero acostarte con la fotógrafa que iba a sacarnos las fotos del compromiso es caer muy bajo.

—No voy a discutir contigo, Missy. Nuestra relación ha terminado. Lo que yo decida hacer ahora no es de tu incumbencia.

—Has pasado de una estrella internacional del pop a una insignificante fotógrafa de bodas —afirmó ella en tono de burla—. Me parece que estás desesperado.

Ian lanzó un bufido. A pesar de que la mitad de la población masculina la deseaba, Missy era muy insegura. Y estaba bien que lo fuera, ya que no le llegaba a Bree a la suela del zapato.

—Seguro que reconoces la desesperación cuando la ves, ¿verdad, Missy?

Missy lo miró furiosa.

—¡Vete al infierno, Ian! —dio media vuelta y salió del despacho.

—Hasta nunca —dijo él mientras salía al pasillo y cerraba la puerta. Tenía que irse inmediatamente a la exposición de Bree.

Bree era estúpida. Llevaba sospechándolo cierto tiempo, pero, plantada en medio de la Whitman Gallery con una copa medio vacía de champán e Ian sin aparecer, estuvo segura.

Al principio no había notado su ausencia. Ya se imaginaba que no sería puntual, y ella había estado ocupada al comienzo del evento. La dueña de la galería le había presentado a los asistentes y ella había dicho unas palabras sobre la colección de fotografías y su fuente de inspiración. Después, había conocido a algunas personas y había hablado de su trabajo. Antes de que se hubiera dado cuenta, habían pasado dos horas y no había rastro alguno de Ian.

Sacó el teléfono móvil del bolsillo pero, tal como se esperaba, no había llamadas ni mensajes. Ninguna sorpresa. El acto estaba a punto de terminar e Ian había vuelto a darle plantón.

Se metió de nuevo el teléfono en el bolsillo al tiempo que trataba de que aquello no le arruinara la noche. Había trabajado mucho y durante mucho tiempo para llegar hasta allí. Había mucha gente importante e influyente en la galería esa noche para ver su trabajo. Era posible que, si jugaba bien sus cartas, cosas importantes fueran a pasarle, lo cual significaba que debía concentrarse, sonreír y hablar con la gente que recorría la exposición.

Y eso había hecho. Pero a medida que la noche avanzaba, le resultaba más difícil mostrarse sonriente.

La ayudó que hubieran acudido muchos amigos suyos. Estaban allí sus compañeras de trabajo e incluso algunas parejas que se habían quedado muy satisfechas con la forma de organizarles la boda. También estaban sus dos progenitores, lo que era un milagro en sí mismo. Bree había supuesto que su madre iría, pero la llegada de su padre la había pillado desprevenida. Había dejado de trabajar para estar con su hija en su gran noche porque sabía lo importante que era para ella.

–Esta es preciosa, Bree.

Bree dejó de pensar al ver a Amelia a su lado, que tenía la vista fija en la foto.

Era la foto que había hecho a Ian en la montaña. Probablemente fuera una de las mejores de la exposición. Se había sentido muy orgullosa de ella, pero, en aquel momento, se enfrentaba al hecho de que la foto mejor recibida fuera una de su ex.

–No la había visto antes –añadió Amelia–. Creía que me habías mostrado todo tu trabajo.

–Es nueva –afirmó Bree en tono despreocupado, en un intento de que Amelia dejara el tema. Además de esa foto, también había pasado a papel una de las que Ian le había sacado esa mañana, en la cama, en Gatlinburg. Era una hermosa foto, en la que el sol confería un aura dorada a su cuerpo. Como no la había sacado ella, no podía estar en la colección, pero la iba a colgar en su casa.

Ian tenía razón. Casi no tenía fotos de ella.

–Me encanta, de verdad. ¿Es Ian tocando la guitarra?

Bree respiró hondo.

–Sí, es él. Míralo bien, porque probablemente sea la única forma en que lo vayas a ver.

Amelia se volvió hacia ella con el ceño fruncido.

–¿Por qué? ¿Qué pasa? Creí que vendría esta noche y estaba deseando conocerlo.

–Y yo estaba deseando presentártelo.

Bree sintió que los ojos se le llenaban de lágrimas no deseadas. No iba a llorar en su exposición. Debía contenerse hasta llegar a su casa.

Amelia le echó el brazo por los hombros para consolarla. Creía firmemente en el poder del amor, a diferencia de Natalie, que opinaba que era una bobada. Bree se hallaba en un punto intermedio. Creía en el amor, pero no pensaba que solo el amor pudiera resolverle todos los problemas.

Bree no le había contado a Amelia, ni a nadie, lo que sentía por Brian. Si lo hubiera hecho, Amelia le diría que no le cabía duda alguna de que Ian entraría en su corcel blanco y se la llevaría con él.

—Seguro que vendrá —le dijo para tranquilizarla—. Habrá tenido que hacer algo, pero todavía tiene tiempo de llegar.

Tenía un cuarto de hora. Y ya daba igual que apareciera, pues se había perdido todo el acto.

—Estoy bien, Amelia, no te preocupes. Diviértete. Ve a por otra copa de vino antes de que cierre el bar. Tengo que hablar de un par de cosas con la dueña de la galería antes de marcharme.

Amelia se fue a regañadientes. Era evidente por su expresión que sabía que Bree le había puesto una excusa para poder quedarse sola. La multitud comenzaba a disminuir. Bree dio las gracias a los últimos en salir y se sentó en uno de los bancos que había en el centro de la sala.

Nunca se había sentido tan orgullosa de su trabajo como esa noche, pero le dolía el corazón. Había querido creer que Ian había dicho la verdad al afirmar que iría pasase lo que pasase, del mismo modo que había querido creerlo en la facultad. Pero el resultado era el mismo: estaba sola.

–¡Bree!

Ella alzó la vista y lo vio entrar a toda prisa en la sala. Parecía asustado y frenético. Quedaban cinco personas en la galería, estaban recogiendo la comida y la fiesta había terminado.

Bree pensó que debiera estar contenta de que se hubiera presentado, pero, en ese momento, no conseguía estarlo.

Se puso de pie lentamente y se volvió, pero no fue hacia él, que era lo que Ian esperaba. Y supo que era lo que esperaba porque se contuvo para no abrazarla.

Se quedó parado y sin saber qué hacer a unos centímetros de ella, con un ramo de margaritas en la mano. Eran sus flores preferidas, pero ella no sabía si se había acordado o las había elegido al azar. En cualquier caso, no iban a compensar lo que se había perdido.

–Son para ti –dijo él tendiéndole el ramo.

–Gracias –Bree las aceptó, pero no consiguieron traspasar la dura armadura que había forjado mientras lo esperaba.

–Siento llegar tarde, pero puedo explicártelo –dijo él.

Pero ella no estaba dispuesta a escucharlo.

–No tienes que explicarme nada, Ian. Ya me lo esperaba –dijo ella negando con la cabeza–. No quería tener razón. Esperaba equivocarme, pero ya sabía cómo acabaría la noche.

Él se quedó perplejo ante su fría respuesta.

—¿Y cómo acaba?

—Acaba con cada uno de nosotros siguiendo su camino, como debiéramos haber hecho al marcharnos de la montaña. Los dos sabemos que estábamos aplazando lo inevitable al intentar que nuestra relación funcionara.

—No —dijo él al tiempo que extendía la mano para tocarle el hombro, pero ella se apartó—. Bree, escúchame. Iba a salir hacia aquí cuando Missy se ha presentado en el despacho amenazándome con demandarme judicialmente. Me he librado de ella todo lo deprisa que he podido y he venido corriendo. No quería perdérmelo. Esta noche era especial, y no te la hubiera arruinado a propósito.

Bree se encogió de hombros. Le parecía una historia fantástica, pero la realidad era que le daba igual por qué Ian no hubiera llegado a tiempo: un atasco de tráfico, una emergencia con uno de sus artistas, una rueda pinchada… Siempre había algo y siempre lo habría. Él era así.

—Siento que tengas más problemas con Missy, pero no me interesan tus excusas, Ian. Mi padre siempre se buscaba excusas y disculpas. Según él, no dejaba de acudir a propósito a las reuniones de padres de la escuela o a actos escolares especiales. Él quería ir, pero, una y otra vez, su trabajo interfería en sus deseos, pero me prometía que la próxima vez acudiría. No te culpo por llegar tarde, pero tampoco tengo por qué tolerarlo.

Bree observó que un torrente de emociones

atravesaba el rostro de Ian. Cada una de ellas duró solo un segundo y era distinta de las demás, lo que la dejó con la incertidumbre de qué pensaba o sentía. Pero solo fue hasta que él le contestó.

—¿Tolerarlo? ¿No tienes por qué tolerarlo? —Ian repitió sus palabras en tono de incredulidad. Respiró hondo y se pasó la mano por el cabello—. Pues me hace gracia que digas eso, teniendo en cuenta lo que yo llevo aguantándote durante la última semana y media.

Bree se quedó desconcertada ante aquel ataque. ¿Qué le había obligado ella a tolerar? ¿Su forma de cocinar? ¿Una sesión de fotos no deseada?

—¿A mí? ¿Cómo qué, por ejemplo?

—Como que me estés pinchando constantemente para que cambie. Te comportas como si quisieras estar conmigo, Bree, cuando, en realidad, no es así. Quieres estar con aquel músico de café de hace nueve años. Prácticamente me pusiste la guitarra en las manos y me diste la tabarra hasta que tuve que elegir entre tocar o seguirte escuchando. No te importó lo más mínimo lo que yo sintiera al respecto. Tenía buenos motivos para no tocar, pero a ti te daba igual. Al mirarme, lo único que veías era al músico que perdiste y al que querías recuperar. No te importaba lo que yo quisiera ni si el volver a tocar me afectaría negativamente. Querías una cosa y estabas dispuesta a salirte con la tuya.

—¡Cómo te atreves! Te comportas como si te hubiera obligado a cometer un crimen, en vez de haberte convencido de que debías enfrentarte al hecho de que no eras feliz con la vida que llevabas. Echas de menos la música, pero no estás dispuesto a reconocerlo porque tienes miedo de volver a tocar y fracasar de nuevo. No me eches la culpa de tus inseguridades porque yo haya tenido éxito. La otra noche te dije que no te quería por tu música. Te quiero por ti mismo y solo deseaba que volvieras a ser feliz. Lamento que eso me convierta en una especie de arpía.

Ian se estremeció ante sus palabras. La miró con los ojos entrecerrados.

—Sí, Bree —dijo con burlona amargura—. Estoy seguro de que solo te interesan mi bienestar y mi salud mental.

La ira ahogaba a Bree. El corazón le latía furioso en el pecho. Miró a su alrededor y observó que todos se habían ido. No sabía si lo habían hecho por propia voluntad o incómodos ante la escena que Ian y ella habían montado. Supuso que, llegados a ese punto, daba igual. Era mejor no tener espectadores.

—Fíjate, mi padre ha venido esta noche —dijo ella—. El rey de las emergencias, el duque de las reuniones de última hora ha estado aquí por primera vez en su vida. Y ha llegado puntual. Ha estado durante la presentación de mi trabajo y se ha quedado a ver las fotografías. Cuando se ha marchado me ha dicho que estaba contento de haber venido y orgulloso de mí.

Ian no respondió. Se limitó a mirarla con las mandíbulas apretadas.

–Y sentada aquí, sola, me he dado cuenta de lo lamentable que resultaba que estuviera tan contenta porque había venido. De algún modo, el hecho de que estuviera aquí negaba los veintiocho años anteriores en que había faltado a todo. Y a pesar de que no debiera ser así, deseaba con todas mis fuerzas su aprobación. Quería que estuviera presente en mi gran exposición. Y eso era lo único que deseaba de ti.

Ian tragó saliva con dificultad mientras reflexionaba sobre sus palabras.

–Siento no haber estado contigo esta noche, pero ahora estoy aquí. Te he traído flores y estaba dispuesto a... –se detuvo y negó con la cabeza–. No importa. Quiero que sepas que lo único que he deseado siempre de ti es que me aceptaras como soy. La mayor parte de las mujeres estaría contenta con tener a un hombre de negocios con éxito, pero tú no. Da igual lo que haga, nunca estaré a la altura. Ya tuve bastante con que me lo echaran en cara mi padre y mis tutores universitarios. No necesito que también lo hagas tú.

A ella se le hizo un nudo en la garganta.

–Estás a la altura, Ian, más que eso. Eres una persona excepcional. El único que no se lo cree eres tú. Pero ¿cómo voy a convencerte de ello cuando todo lo que te dicen te lo tomas como una crítica?

–¿Me estás diciendo que es culpa mía que me sienta un fracasado? Gracias, Bree. Eso me ayuda mucho.

–¡No! No se me ocurriría…

Ian alzó la mano para interrumpirla.

–No, da igual. Puedes pensar lo que te parezca. Sin embargo, debes saber que somos personas adultas, que ya no somos unos niños. Y los adultos tienen responsabilidades. Yo tengo responsabilidades. Me hubiera encantado estar contigo esta noche, pero no ha podido ser. He tenido que hacer lo que he podido para proteger a mis empleados, a mis artistas y a sus familias. En vez de estar aquí contemplando unas magníficas fotografías, he sido amenazado por una mujer que quiere arrebatarme lo que he tardado años en conseguir. Lamento que no estés de acuerdo con mis prioridades, pero he tenido que tomar una decisión. Y ha sido esa.

Durante unos segundos, Bree quiso que dejasen de pelearse y saber lo que había sucedido con Missy. Era evidente que había sido algo más que una de sus habituales rabietas de diva. Pero no tuvo la oportunidad.

Ian se señaló la coronilla.

–Estoy hasta aquí de críticas. No tengo tiempo ni energía para pelear… porque estoy muy ocupado –apuntó con amargura, mofándose de sus críticas–. No me aceptas como soy, así que creo que tienes razón en que, a partir de esta noche, cada uno siga su camino. No tiene sentido que esta relación continúe.

Bree sintió un dolor agudo en el pecho, como si le hubiera clavado un puñal en el corazón. Se quedó sin aliento y se le quitaron las ganas de pelearse. A pesar de lo que le había dicho, no quería perderlo, aunque fuese lo mejor para ambos. Estaba destrozada.

—Muy bien —afirmó en voz baja y tratando de contener las lágrimas.

Ian asintió con expresión solemne. Sus verdes ojos se desplazaron por su rostro sin ver nada en realidad.

—Enhorabuena por la exposición. Seguro que ha sido un éxito. Buena suerte con las que hagas en el futuro.

Dicho lo cual, Ian dio media vuelta y se marchó.

Bree lo observó mientras se alejaba y, después, se dejó caer en el banco. La noche había sido un completo fracaso.

Capítulo Once

—¿Vas a quedarte sentando todo el día en casa?

Ian alzó la vista desde el sofá, donde llevaba sentado largo rato, y miró a Winnic, el ama de llaves, que lo observaba desde la puerta, con la aspiradora en la mano y una expresión de desagrado.

—Puede —replicó con sinceridad.

No tenía intención de levantarse del sofá en un buen rato. Seguiría allí hasta que decidiera qué hacer. De momento, no había tenido suerte. Tal vez hubiera tenido que librar más de dos días.

—¿Por qué me lo preguntas?

La mujer entró en la habitación y se cruzó de brazos.

—Tengo cosas que hacer y, por una vez, me estorbas. No me pagas para que me quede sentada y vea lo deprimido que estás.

Ian enarcó una ceja ante el tono de Winnic.

—No te impido trabajar. Pasa la aspiradora a mi alrededor o limpia el resto de la casa. Y no estoy deprimido.

—Claro que no. Estás en casa, en pijama, en vez de estar trabajando. Rasgueas la guitarra y tocas canciones tristes en vez de orientar la carrera de tus artistas. Por no hablar de los quince envoltorios de chocolatinas que he encontrado en el cubo de la basura esta mañana. Repíteme que no estás deprimido.

Ian la miró y frunció el ceño. ¿De verdad se había tomado tantas? Tal vez estuviera deprimido.

–He pasado dos semanas muy malas. ¿Acaso no se me permite tomarme un poco de tiempo libre para reflexionar?

Winnie se acercó al sofá y se sentó a su lado.

–Desde luego que sí, Ian. No me imagino lo que has debido de pasar a causa de Missy y, después, de Bree. Estoy preocupada porque no te había visto así en los cinco años que llevo trabajando para ti, ni siquiera cuando te enteraste de que Missy estaba embarazada. Y no te molestes en decirme que te pusiste contento, porque no es verdad.

»Durante estos cinco años has funcionado con la precisión de un reloj suizo, y solo ahora me tienes preocupada –Winnie señaló la guitarra–. Ni siquiera sabía que la tocabas, Ian. Desde que llevo limpiando la casa, no la había visto, ni tampoco una partitura ni una foto ni nada que me hiciera pensar que tocabas un instrumento. ¿De dónde la has sacado?

–De la cabaña de la montaña. Me la he traído. Es la guitarra que me compré cuando tenía trece años.

–¿Y por qué no has tocado en casa hasta ahora?

–Lo dejé cuando abandoné los estudios en la universidad y comencé a trabajar para la compañía discográfica.

—¿Por qué?

Ian suspiró. Ya había pasado por todo aquello con Bree. No quería tener que repetirlo, sobre todo porque se daba cuenta de que había sido una decisión equivocada, por lo que justificarla le resultaba más difícil.

—Porque no era buen músico.

—Tiene gracia —apuntó Winnie—. A mí me parece que lo haces muy bien.

—Gracias, Winnie.

Ian no buscaba el halago, pero, de todos modos, lo agradeció. Se sentía bien al tener alguien más, aparte de Bree, que se lo dijera, aunque los elogios de Winnie parecían más bien los de una madre.

—Entonces, ¿qué ha cambiado para que hayas vuelto a tocar de repente? Espera —dijo ella—, a ver si lo adivino. Es por Bree.

Él asintió.

—Me animó a empezar de nuevo. Yo tocaba cuando salíamos en la facultad.

—Pues tiene razón —observó Winnie—. Eres bueno. Debieras tocar más a menudo.

Ian suspiró.

—No tengo tiempo, Winnie. Sabes que me paso el día trabajando en el estudio o aquí, en el despacho.

—¿Qué pasó cuando te quedaste aislado por la nieve todo ese tiempo? ¿Acaso se hundió el mundo?

—No.

–¿No se ocuparon de todo tus bien preparados empleados mientras estabas fuera?

–Sí.

Keith se había desvivido, al igual que otras personas del estudio. Ian les iba a dar una prima. Se lo merecían.

–Entonces, ¿por qué tienes que hacerlo todo tú?

Ian frunció el ceño. Era su compañía. ¿Por qué no iba a hacerlo?

–¿A qué te refieres?

–Llevas años matándote a trabajar para mantener tu sello discográfico. Has tenido éxito. Las cosas te van bien y no tienes que trabajar tanto como antes. Acabas de reconocer que tus empleados son competentes. ¿Por qué no delegas un poco y dejas que tengan mayores responsabilidades?

–No voy a quedarme aquí sentado y…

–No te estoy proponiendo que no vayas al despacho –le interrumpió Winnie–, sino que no seas responsable de todo. Siempre das prioridad al trabajo porque crees que es la única manera de tener éxito. Pero puedes tener una vida fuera del despacho. Si esa vida incluye una familia o la música, estupendo. Y también lo será si dedicas el tiempo libre a estar en la bañera jugando con patitos de goma. Depende de ti. Pero deja de malgastar más tiempo diciéndote que no puedes hacerlo.

Winnie estaba en lo cierto. Ian le pagaba para que lo ayudara a organizarse la vida, casi para que desempeñara el papel de esposa, y lo hacía bien. Era una cocinera fantástica, una persona muy ordenada y una excelente caja de resonancia. Un número incontable de veces, él había resuelto un problema hablando con ella mientras planchaba o cocinaba. Tenía que subirle el sueldo. Le diría al contable que lo hiciera inmediatamente.

Winnie le dio unas palmaditas en la rodilla.

—Te he visto hacer milagros en el negocio a lo largo de estos años, Ian. Puedes hacer lo que quieras. ¿Por qué no eso?

Se inclinó hacia él para pellizcarle la mejilla y se levantó.

—Vale de cháchara. Sal del salón para que pueda limpiar.

—Gracias, Winnie —dijo él riéndose.

Se levantó del sofá y agarró la guitarra, que se llevó al despacho. Una vez en él, se detuvo, ya que no estaba muy seguro de por qué había ido allí. No quería abrir el ordenador portátil y ponerse a trabajar. Se había tomado el día libre a propósito. Entonces, ¿qué?

Se acercó a su silla de ejecutivo y se acomodó en ella. Con la guitarra en el regazo, la rasgueó con suavidad e intentó pensar en lo que quería hacer. Le gustaba el despacho. Por la razón que fuera, despedía buenas vibraciones, y a él se le ocurrían buenas ideas cuando trabajaba allí. Tal vez se le ocurriera también un buen plan para ese día.

De lo que estaba seguro era de haber cometido una error con Bree; uno muy grave. Eso era lo que lo había inmovilizado en el sofá mientras intentaba dilucidar qué hacer al respecto. Revivió mentalmente la escena que había tenido lugar en la exposición y pensó en cómo podía haber hecho que fuera distinta, qué podía haber dicho para que Bree sonriera, en vez de habérsele lanzado a la yugular cuando ella lo había criticado.

No podía haber previsto la dramática situación con Missy, pero podía haberla considerado como una de las emergencias que se producían de vez en cuando. La verdad era que podía haberla manejado mejor.

Se hallaba en un dilema. Si se tratara de otra persona que no fuera Bree, se sumergiría en el trabajo y la olvidaría. Pero hacer precisamente eso demostraría que ella tenía razón. Y del tiempo pasado con ella solo le quedaría una vieja guitarra, un corazón partido y un anillo de compromiso de diamantes.

Le parecía una locura haberle comprado el anillo tan deprisa, pero no había creído que, con ella, fuera demasiado pronto. Era como si llevaran juntos toda la vida.

Ian abrió el cajón más próximo del escritorio, sacó la cajita de terciopelo y la abrió para mirarlo. El diamante oval de tres quilates estaba rodeado de pequeños diamantes engarzados en una banda de platino. En cuanto lo vio, supo que era perfecto para Bree. Era elegante e informal a la vez; un anillo que iría bien tanto con un vestido como con unos vaqueros y unas Converse.

Pertenecía a Bree, a pesar de que todavía no se lo hubiera dado. Quería que lo tuviera. Y quería que supiera lo mucho que la amaba. El problema residía en que ella no se daría cuenta de lo importante que era para él. Tenía que demostrárselo, así como cuánto lamentaba la pelea que habían tenido y haberse perdido la exposición.

Sin embargo, regalarle el anillo no sería suficiente, ya que lo consideraría un soborno, al igual que los que le hacía su padre.

Las palabras tampoco bastarían. Bree llevaba toda la vida oyendo a su progenitor quejarse y disculparse, del mismo modo que le había oído a él cuando estaban en la facultad. Ian podía prometerle el sol, la luna y las estrellas, pero eso no significaría nada para ella hasta que no se los entregara en mano, sobre todo después de lo sucedido en la exposición.

Ian le había demostrado que sus promesas no significaban nada, a pesar de sus buenas intenciones.

A Bree solo la convencería con actos, por lo que debía pasar a la acción.

—«Briana Harper ha hecho lo que pocos artistas de Nashville han sido capaces de llevar a cabo: captar el alma y el corazón de la ciudad y de su gente».

Gretchen tenía el periódico en la mano y leía en voz alta la esperada reseña de la exposición de Bree. Era lunes por la mañana y estaban en la reunión de trabajo.

—«Armada con una cámara, ha sido capaz de ver más allá de la superficie y llegar al espíritu indomable que desde hace tiempo caracteriza a los habitantes de Nashville y sus ideas. En mi opinión, nos hallamos ante el comienzo de una larga carrera con muchos éxitos para la señorita Harper».

Había transcurrido una semana desde la exposición. La crítica se había publicado en el periódico dominical, pero Bree no había sido capaz de leerla, por lo que la había llevado al despacho para que la leyera primero una de sus colegas. Al final, se había mordido las uñas hasta dejárselas en carne viva sin motivo alguno. La crítica era muy buena. Parecía que el crítico se había marchado antes de que llegara Ian y comenzaran los gritos.

Las tres colegas de Bree la aplaudieron, y ella se sonrojó.

—Una exposición excelente —dijo Amelia—. Debiéramos brindar con champán, en vez de estar tomando café.

—¿Champán a las nueve de la mañana? —Natalie pareció levemente escandalizada.

Amelia se limitó a encogerse de hombros. Le daba igual saltarse las normas sociales.

—¿Por qué no? Tenemos un montón de botellas en la otra habitación.

—Celebrarlo con café está bien —apuntó Bree—. Gracias por haberlos traído, Natalie —apuntó Bree.

La rutina era la rutina. Bree dejó de pensar en la crítica y encendió la tableta. Tenían que hablar de la boda de los Williams y de las próximas que se celebrarían. La de los Williams les había dado mucho trabajo, y Bree estaba agradecida por ello.

Los primeros días después de la exposición y la pelea con Ian se había sentido muy mal. La boda la había obligado a olvidarse y a centrarse en el trabajo. Quería volver a concentrarse en lo que tenía que hacer. Hablar de la exposición la hacía pensar en cómo había terminado la noche. Agarró el periódico doblado que le tendía Gretchen y lo dejó sobre su cuaderno.

Amelia la miró con el ceño fruncido.

—No pareces muy contenta con la crítica, Bree.

Bree miró el periódico y se obligó a sonreír.

—Claro que estoy contenta. Estoy encantada. Ha superado todas mis expectativas. Me han llamado de la galería para pedirme que prolongue la exposición otra semana, con la posibilidad de que montemos otra mayor. Y esta crítica también nos traerá más trabajo a nosotras. Es una excelente publicidad.

—No necesitamos más trabajo —observó Gretchen. Tenemos trabajo para año y medio. Debiéramos habernos reservado unos días de vacaciones.

—Tenemos la semana que va de Navidad a Año Nuevo —apuntó Natalie.

Gretchen asintió.

—Intentaré recordarlo las otras cincuenta y una del año.

—Podemos tomarnos unas vacaciones, pero tenemos que escalonarlas. Amelia se va a marchar pronto a una reunión de antiguos alumnos. Tú puedes tomarte unos días también, si quieres, pero no podemos hacerlo todas a la vez.

Gretchen y Natalie comenzaron a discutir sobre los problemas de las vacaciones y Bree se desentendió del tema y se puso a hacer una lista de las cosas que debía hacer ese día. Cuando hubo acabado, sus colegas habían dejado de discutir y, por fin, se pusieron a hablar del trabajo.

Una hora después habían terminado. Bree fue la primera en levantarse de la mesa. Tenía que descargar las fotos del fin de semana y comenzar a revisarlas. Solo en el banquete solía sacar más de quinientas, por no hablar de la ceremonia y del ensayo de la cena el día anterior.

Había examinado aproximadamente la mitad de las fotografías cuando oyó que llamaban suavemente a la puerta.

—Adelante.

Se volvió. Era Amelia, que le llevaba el correo. Bree esperaba que se limitara a dejarlo en el escritorio, pero su amiga cerró la puerta y se sentó frente a ella.

Bree gimió para sus adentros y la miró.

—¿Qué necesitas? Cuando acabe con las fotos puedo ayudarte con las flores de azúcar, si eso es lo que quieres.

Amelia negó con la cabeza.

—No he venido por las flores de azúcar, Bree, lo sabes perfectamente.

Bree había evitado hablar seriamente con sus colegas y amigas desde la noche de la exposición. Sabían que Ian finalmente se había presentado y que Bree y él habían roto, pero eso era todo. Bree esperaba llegar al martes, día en que libraba, sin tener que hablar de ello, pero era evidente que no iba a ser así.

—Entonces, ¿qué quieres?

Amelia fijo sus ojos oscuros en Bree y comenzó a enrollarse un mechón de cabello castaño en el índice.

—No conozco los detalles de lo que sucedió la semana pasada, pero no creas que no he notado que me estás evitando.

—No te estoy evitando —respondió Bree, pero ambas sabían que mentía—. Estoy evitando hablar de ello, no contigo.

—Muy bien, pues vayamos al grano, entonces. ¿Por qué no me dijiste que estabas enamorada de Ian?

—¿Qué? —Bree se levantó de un salto y estuvo a punto de verter el café con leche que tenía en la mano.

Amelia colocó el correo sobre su regazo y se cruzó de brazos.

—No te hagas la tonta conmigo. Desde que volviste de la montaña, tienes la mirada de estar perdidamente enamorada. Y, desde de la exposición, es probable que el temblor de tu corazón partido se registre en la escala de Richter.

Bree se estremeció ante sus palabras. Creía que había disimulado su dolor muy bien y que se había comportado como una profesional en la oficina, pero parecía que no era así.

—¿Tan evidente resulta?

—No necesariamente, pero es que te conozco muy bien y veo la agitación que tratas de ocultar.

—Me pondré bien. Dame unos días. El viernes, para el ensayo de los Campbell, estaré totalmente recuperada.

—Un corazón partido no se recupera en tres días. Estás enamorada y sufres. Vas a necesitar tiempo. Cuéntame lo que pasó.

Bree no quería recordar la escena, pero lo hizo. Llevaba reviviéndola de forma repetida toda la semana anterior, así que le resultó fácil contársela.

—En resumen, confié en él y le entregué mi corazón, cosa que no debí haber hecho. Fui una estúpida, ya que él hizo justamente lo que pensaba que haría. Es culpa mía. Yo solita subí al cadalso y me puse la soga al cuello. No puedo enfadarme con el verdugo por haber hecho su trabajo.

Amelia asintió con tristeza.

—¿Y en qué momento os encontráis?

—Hemos terminado. No hay sitio para nada en su vida que no sea el trabajo, y le debe gustar que sea así, a pesar de sus protestas y promesas. Si eso es lo que desea, pues muy bien. No voy a malgastar mis energías en enfrentarme a lo que él considera prioritario en su vida.

—Pero sigues queriéndolo.

Antes sus palabras, a Bree se le llenaron los ojos de lágrimas.

Respiró hondo, alzó la vista al techo y parpadeó frenéticamente para evitar que le corrieran por las mejillas.

—Creo que nunca he dejado de quererlo. Y es lo que más me asusta. Si he seguido enamorada de él los nueve años que hemos estado separados, ¿cuánto tiempo seguiré después de haber vuelto a verlo? No puedo desperdiciar otros nueve años de mi vida suspirando por él. Quiero enamorarme de alguien para quien yo sea lo más importante. Quiero formar una familia. No deseo despertarme un día y darme cuenta de que tengo cuarenta años y nada en mi vida, salvo las fotos de las relaciones de otras personas.

La tristeza de los ojos de Amelia mientras su amiga hablaba convenció a Bree de que la entendía. Para ser una empresa que organizaba bodas, las cuatro mujeres no habían tenido suerte en sus relaciones sentimentales.

Bree llevaba enamorada de Ian todos esos años, por lo que sus intentos de salir con otros hombres terminaban fracasando. Amelia buscaba un romance de ensueño que no existía. Gretchen se sentía más a gusto con su arte que con los hombres. Y Natalie ni siquiera creía en el amor.

Formaban un triste grupo.

—Siento que las cosas hayan salido así, pero te prometo que no llegaremos a los cuarenta solas. ¿Qué te parece si salimos las dos el miércoles por la noche? Tal vez convenzamos a Gretchen para que nos acompañe. A ver si así te animas y dejas de pensar en lo mismo.

Bree la miró con los ojos muy abiertos. Natalie, Gretchen y Amelia ya eran amigas suyas antes de

165

ser socias, pero, con el paso de los años, el trabajo había ido prevaleciendo sobre el tiempo libre. Llevaban mucho tiempo sin salir juntas para otra cosa que no fuera una comida de trabajo o una reunión con proveedores. Salir a tomar algo por el mero hecho de divertirse era lo nunca visto. Amelia debía de estar muy preocupada por ella.

Bree suspiró. Tal vez su amiga tuviera razón al preocuparse.

–De acuerdo. Nos divertiremos –afirmó, a pesar de que lo dijo sin ninguna emoción ni convencimiento.

Haría lo posible por pasárselo bien, aunque, para relajarse, tuviera que beber mucho vino o el temible tequila.

–Genial –dijo Amelia con una sonrisa radiante–. Te dejo que sigas trabajando. Aquí tienes el correo.

Dejó unos de sobres en el escritorio y se marchó.

Después de aquella conversación, Bree no estaba lista para ponerse a contemplar, fotografía a fotografía, la jornada romántica y feliz de otras personas. En lugar de ello, agarró los sobres. Había una nota de agradecimiento de una pareja de recién casados a la que le habían encantado las fotos de la boda; un catálogo de compra de material fotográfico de una web en la que le gustaba comprar; y el resto era para tirar a la basura.

Lo último que iba a tirar a la papelera atrajo su atención. Era una tarjeta de un bar del centro de la ciudad. Nunca había estado allí, por lo que no sabía cómo habían conseguido su dirección. Con el ceño fruncido, dio la vuelta a la tarjeta, donde se anunciaba un acontecimiento especial ese miércoles. Durante unos segundos, sus ojos se fijaron en las palabras sin procesarlas. Después, al releerlas, el corazón comenzó a latirle con fuerza.

Una cerveza, un dólar. Todos los miércoles. Sin impuestos. Actuación musical de siete a nueve a cargo del cantante y compositor Ian Lawson.

Aquello prometía. Miró fijamente la tarjeta durante unos segundos esperando que la vista se le aclarara y las palabras cambiaran de significado. Como no lo hicieron, tuvo que aceptar que había leído bien.

Ian había hallado el modo de hacer sitio en su vida para la música. Parecía que era más fácil que hacérselo a ella.

Dio un profundo suspiro, sostuvo la tarjeta sobre la papelera y la tiró junto con el resto del correo basura.

Se alegraba por él.

Capítulo Doce

–No va a venir.

–Tranquilízate –le dijo Keith al tiempo que le entregaba la guitarra–. Faltan todavía diez minutos para que comience la actuación. Vendrá, aunque solo sea por curiosidad mórbida.

Su colega y descubridor de talentos en Spin-Trax había decidido ayudar a Ian a iniciar su nueva carrera musical. De momento, le hacía las veces de mánager, agente y transportador del equipo, además de ofrecerle apoyo moral. Todo ello de manera desinteresada. Aquella noche tocaban por cincuenta dólares y cerveza gratis.

Así que tal vez no fuera de manera totalmente desinteresada, ya que a Keith le encantaba al cerveza.

–No, no va a venir –insistió Ian manifestando su miedo–. Está muy enfadada conmigo.

No se había aventurado a realizar aquella actuación por ella, sino por sí mismo. Sin embargo, si ella no estaba allí para presenciarla, dejaría de parecerle tan importante.

Había sido Bree quien había plantado la semilla en su cabeza y lo había presionado para que saliera de la jaula en que se había metido por propia voluntad. Y ella tenía razón, por supuesto. Necesitaba volver a actuar. No podía seguir reprimiendo la música en su interior por más tiempo.

Esa noche, el futuro se abría ante él como un abanico de posibilidades. No había una bifurcación en su camino, sino varios senderos. Aquella actuación podría hacer que lo contrataran para otras o podría ser la última. Tal vez acabara tocando únicamente por placer personal. Tal vez acabara grabando un disco. O quizá se centrara en componer canciones y tratar de vendérselas a otros cantantes.

Daba igual. Lo importante era que lo iba a intentar, que iba a salir al escenario y que iba a dedicar su vida a algo más que a trabajar.

Había creído que, con independencia de lo que Bree sintiera con respecto a la relación con él, iría a verlo para ofrecerle su apoyo. O, como mínimo, para restregarle por las narices que ella tenía razón. O para interrumpirlo a gritos entre el público.

Y había una multitud, más de lo que él había esperado. Menos mal que se había dedicado toda la semana a ensayar, sin hacer nada más.

Algunas personas estaban sentadas a las escasas mesas que había en el local; otras estaban en la barra; y otras se habían quedado de pie, al fondo. A pesar de la gran cantidad de gente, Ian sabía que Bree no estaba allí. Se daría cuenta de su presencia en cuanto llegara. La presentía cuando se hallaba cerca. Y lo único que sentía en ese momento eran ganas de vomitar.

–Puede que haga lo que tú y se presente tres minutos antes de que acabes de actuar. Te estaría bien empleado –apuntó Keith.

Ian lo miró con los ojos entrecerrados.

–¿De parte de quién estás?

Keith sonrió.

–De la tuya. Trato de distraerte para que no te pongas más nervioso.

Ian fue a responderle que no estaba nervioso, pero no era cierto. Llevaba casi una década sin haber actuado para más de una persona. Pasar de eso a un bar abarrotado de cien críticos borrachos era un poco inquietante. Más que un poco. Ian estaba hecho un manojo de nervios.

Las dudas lo asaltaban por todos lados. ¿Qué hacía allí? Era un ejecutivo de una compañía discográfica. Lo suyo no era tocar en un bar. En realidad, lo suyo no era tocar en ninguna parte. Aquello iba a ser un desastre, pero aún tenía la posibilidad de evitarlo. Si se marchaba sigilosamente por la puerta trasera, ¿lo notaría alguien?

–Puede que esto sea un error.

–El único error sería que te largaras y que decepcionaras a toda la gente que ha venido a escuchar buena música –Keith se inclinó hacia él y le dio unas palmaditas en el hombro–. Eres bueno. No te lo diría si no fuera verdad.

Ian lo sabía. Había sido testigo de cómo Keith había arruinado los sueños de innumerables personas con aspiraciones musicales. Si no eras lo bastante bueno, te lo decía. Por eso, había recurrido directamente a él al decidir conceder a la música otra oportunidad. Si se estaba engañando a sí mismo y Bree le estaba haciendo la pelota, Keith se lo diría.

Sin embargo, en lugar de eso, Keith se había cruzado de brazos y había cerrado los ojos. Y cuando Ian hubo acabado de cantar, había sonreído. Le había gustado.

Y allí estaba Ian. En el pequeño escenario en un rincón del bar había un taburete, un micrófono y un amplificador para enchufar su nueva guitarra eléctrica. Habían realizado una prueba de sonido antes de que llegara el grueso de la gente, por lo que todo estaba dispuesto para comenzar.

—Ya es la hora. A por ellos —dijo Keith.

Ian asintió y subió al escenario. Afinó la guitarra mientras contemplaba de nuevo la multitud, pero seguía sin haber rastro de Bree. Trató de que eso no lo desanimara. Había otras cien personas en el bar que esperaban una buena actuación, tanto si su exnovia se presentaba como si no.

Agarró el micrófono, se presentó y dio las gracias a todos por haber ido a escucharle. Hubo algunos gritos de los espectadores, pero desaparecieron cuando él comenzó a tocar. La primera canción fue una versión acústica de *Layla*, para que la gente se fuera animando.

Al cabo de cinco canciones alzó la vista y vio a un grupo de mujeres que se abría paso para llegar a una mesa vacía. Acabó de cantar y observó cómo se sentaban mientras la gente lo aplaudía.

Había una chica bajita, con pelo negro y rizado, una pelirroja, una castaña con cola de caballo y una rubia cuyo rostro no podía ver.

Era Bree.

En ese momento, ella se volvió hacia él y lo miró con los ojos como platos. Su mirada fue de él a la pelirroja. Le dio una palmada a su amiga en el hombro y sus labios se movieron a toda velocidad con palabras airadas. Intentó ponerse de pie, pero las dos mujeres que estaban a ambos lados de ella la agarraron del brazo y la volvieron a sentar.

Parecía que Bree no tenía la intención de ir a verlo esa noche. La pelirroja la había llevado hasta allí engañada. Tendría que invitarla a algo después.

Respiró hondo y decidió tocar *I'll Love You Forever* como siguiente canción, *Era un riesgo.* Si Bree de verdad no quería ver la actuación, aquella canción la haría salir corriendo. Si se quedaba, posiblemente fuera receptiva a la otra canción que tenía reservada para esa noche.

Comenzó a tocar la canción que había compuesto para Bree años antes. La miró y notó que estaba muy rígida, pero no se había marchado. Lo escuchaba atentamente con una bebida en la mano.

Ian cantó con toda la sinceridad posible y, al final de la canción, ella se había relajado y esbozaba una leve sonrisa.

Los aplausos que premiaron esa canción fueron mayores que los que había recibido en las anteriores. Dado que era una composición original que el público no había oído antes, se sintió mucho más seguro de sí mismo.

—Esta canción —dijo hablando al micrófono— la compuse para mi novia de la universidad. Le prometí que la querría siempre. Como muchos de nosotros sabemos, la vida puede interferir en tus planes. No seguimos juntos, pero he cumplido mi promesa y nunca he dejado de amarla. Incluso años después, ninguna otra mujer me ha conmovido tanto como ella.

La mirada precavida de ella no se apartó de él durante todo el discurso. Tenía una expresión dolorosamente neutra que no revelaba nada de lo que pensaba o sentía mientras lo escuchaba. Lo único que él podía hacer era seguir adelante.

—Esa encantadora mujer está aquí esta noche —prosiguió—. No voy a ponerla en una situación violenta indicando quién es, pero quería que todos lo supierais porque la siguiente canción también es sobre ella. Es una canción nueva que escribí en las últimas semanas, en las que hemos estado separados. Me comporté como un idiota, como suelen hacerlo los machos de todas las especies, y arruiné mi segunda oportunidad con ella.

En respuesta a su confesión, se produjo un rumor entre los espectadores, y una mujer gritó desde la barra del bar: «Los hombres dais asco».

Ian soltó una carcajada al tiempo que agradecía que no hubiera sido Bree quien lo hubiera gritado.

—A veces es así, no voy a negarlo. Sentirme solo y desgraciado me inspiró esta canción —miró a

Bree–. La compuse con la esperanza de que ella la oyera, se diera cuenta de cuánto la quiero y me concediera otra oportunidad.

Lo sonrosados labios de Bree se entreabrieron como si estuviera tomando aire. Ian no supo qué pensar. Ella no se había lanzado a sus brazos, pero no se había marchado. Parecía receptiva, a pesar del daño que le había hecho. Era lo único que Ian podía pedir.

–¡Si no lo hace, puedes venirte a casa conmigo! –gritó otra mujer.

Ian le sonrió y comenzó a rasgar la guitarra.

–Muchas gracias, cielo. Siempre está bien tener un plan de repuesto –respondió él, lo cual fue seguido de un coro de risas–. La canción que he compuesto para ella se llama *Ámame de todos modos*.

Ese era el momento que contaba. La forma en que ella recibiera la canción determinaría el desarrollo del resto de la noche. Había varias posibilidades, y la mejor era que los dos se marcharan juntos y ella accediera a casarse con él; la peor, que Bree se fuera con sus amigas y él se emborrachara y volviera a casa con la mujer que se lo había pedido a gritos.

La canción era graciosa y de ritmo rápido. No se parecía a ninguna que hubiera compuesto antes. La letra era una lista de sus defectos, con una música pegadiza. Estaba seguro de que Bree los conocía todos, a pesar de que era demasiado educada como para habérselos señalado.

Ian sabía que trabajaba en exceso; que necesitaba ayuda para establecer prioridades en su vida; que necesitaba divertirse más y estresarse menos; que ingería mucha comida basura; que roncaba; que los pulgares de sus pies tenían una forma rara. Nadie era perfecto. Pero él la amaba más que a nada en el mundo. El estribillo proclamaba que se estaba reformando y le pedía que lo quisiera a pesar de todos sus defectos.

Esa primera parte de la canción le supuso una ronda de aplausos de la multitud y una sonrisa de Bree.

La segunda era más arriesgada, ya que se trataba de una lista de los defectos de ella. Era demasiado emotiva; tiraba y se apropiaba de las mantas en la cama; tenía un teléfono móvil prehistórico; hacía trampas al Scrabble; siempre creía tener razón; era mandona y pesada; y, por último, le adivinaba los pensamientos, lo cual lo volvía loco.

Pero, de todos modos, la amaba.

A pesar de que los dos debían cambiar, él quería pasar el resto de la vida con ella, con independencia de lo largas que fueran las listas de sus defectos.

Si mejoraban con los años y acababan pulidos como un diamante cuando fueran ancianos, sería estupendo. Pero lo sería igualmente si se limitaban a engordar juntos y a discutir por tonterías las veinticuatro horas del día. Lo único que deseaba era estar con ella, tal como era, y tenía la esperanza de que ella sintiera lo mismo por él.

Todo lo que decía era verdad. Cuando tocó los últimos acordes de la canción, alzó la vista y vio que Bree sonreía con los ojos llenos de lágrimas.

La multitud se puso de pie para aplaudirlo, lo cual le impidió seguirla viendo. Gritos de «perdónalo» se oyeron por encima del estruendo general.

Ian no esperó a que cesaran los aplausos para salir del escenario. Desenchufó la guitarra y se mezclo con la marea de gente.

Sentía una opresión en el pecho debido a la emoción, y le rondaban diversas posibilidades mientras llegaba a la mesa de ella.

De pronto se dio cuenta de que algo andaba mal. Él se hallaba en la mesa correcta, pero no había ninguna mujer rubia llorando y riendo a la vez que lo esperara con los brazos abiertos.

Bree se había ido.

Bree tenía que salir de allí. No podía respirar. La emoción que le había producido la canción de Ian, unida a la que había experimentado ante los aplausos del público, le oprimían el pecho como un yunque. Se fue a toda prisa antes de que sus compañeras pudieran detenerla, halló una salida de emergencia y salió corriendo al callejón que había detrás del bar.

El aire era frío, pero no le importó. Era mejor que estar dentro y oír a Ian decir lo mucho que la amaba y pedirle que ella le correspondiera. No sabía qué decir. Lo quería, desde luego, a pesar de la extraña forma de los pulgares de sus pies y de su adicción al trabajo. Preferiría que no fuera así, pero lo amaba.

Se apoyó en la pared de ladrillo del edificio. La cazadora de cuero la protegió de la rugosa superficie. Toda su energía la había absorbido su gran agitación emocional. Apoyada en la pared, le temblaban las rodillas como si fueran de gelatina. Tenía que recuperar la compostura. Alguna de sus amigas acabaría por salir a buscarla.

Se secó las lágrimas y ocultó el rostro entre las manos. ¿Cómo había sucedido aquello? Se suponía que esa noche iría al centro con sus amigas para olvidarse de Ian. En lugar de ello, Amelia la había llevado engañada a aquel bar diciendo que quería conocer un local nuevo que había visto, pero cuyo nombre no recordaba.

Bree no se dio cuenta de qué bar era ni de qué noche era hasta que oyó a Ian tocar sobre el pequeño escenario. Era evidente que su amiga había visto el anuncio del bar en su correo.

La había traicionado.

Bree había intentado marcharse en cuanto se dio cuenta de lo que sucedía, con la esperanza de que Ian aún no la hubiera visto, pero fue inútil. Amelia y Gretchen la agarraron y la retuvieron en la silla.

Habían ido hasta allí en el coche de Gretchen, por lo que Bree tendría que tomar un taxi para volver. Además, si se hubiera marchado, se habría tenido que pasar un año oyendo todos los días los reproches de sus amigas por ser tan cobarde.

Por tanto, se había quedado. Y ahí estaba el resultado. Él le había desnudado su alma y su corazón en una sala llena de desconocidos. La había hecho reír, llorar y poner todo en tela de juicio, justo cuando parecía que finalmente ella estaba saliendo del bache.

Se abrió la puerta de la salida de emergencia. Bree pensó que sería una de sus amigas, pero era Ian.

Estaba increíblemente guapo, el corazón a Bree se le aceleró al verlo en vaqueros ajustados. Esa noche eran negros, con una camiseta del mismo color que revelaba cada músculo de su torso como si le hubieran vertido látex líquido en él.

La idea le secó la boca instantáneamente. Por la misma razón, ya se había tomado dos copas de vino antes de salir. En aquel momento, más que nunca, debía ser capaz de hablar, pero le pareció que tenía la boca llena de algodón seco.

–Tus amigas me han dicho que habías salido corriendo en esta dirección –Ian la miró con ojos inquisitivos–. Supongo que no te ha gustado la nueva canción.

Bree no podía hablar, pero negó con la cabeza.

–Es… estupenda –consiguió articular.

Y lo era. El contenido era conmovedor, la melodía, memorable, e inspirado el acompañamiento. Era una canción maravillosa, a pesar de que anunciara al mundo que ella se apropiaba de las mantas y que era una sabelotodo.

Ian dio unos pasos en su dirección con expresión precavida. Parecía temer que saliera corriendo en cualquier momento. Pero no debía preocuparse, ya que, aunque las piernas le respondieran, Bree no tenía ni idea de dónde se hallaba y con su viejo teléfono móvil no podía buscar una compañía de taxis para llamar y que la fueran a buscar. Estaba en manos de Gretchen.

—Pero no ha servido para cambiar nada —las palabras de Ian, dichas en voz baja, eran de derrota.

Y ella detestó que fuera así. Ian era un poderoso hombre de negocios, pero parecía que ella podía aplastarlo con la punta del dedo. No le había hecho una pregunta, sino que había asumido que ella no podía perdonarlo.

—No, no ha servido.

Ian bajó la vista y hundió los hombros en señal de derrota.

—Te sigo queriendo igual que antes de haberla escuchado.

Ian levantó la cabeza con brusquedad y un mechón de cabello le cayó por los ojos.

—¿Qué? ¿Has dicho que me quieres?

Bree asintió.

—Entonces, ¿por qué demonios te has ido corriendo? Me has dado un susto de muerte. Tengo taquicardia.

Ella negó con la cabeza.

—No lo sé. Ha sido demasiado de una sola vez. Necesitaba respirar aire fresco y espacio para pensar.

Ian se le acercó más y le puso las manos en la cintura.

—¿Has tenido tiempo suficiente para hacerlo?

Ella asintió.

—Me siento mucho mejor ahora que estás aquí.

Le puso las manos en los brazos y miró sus verdes ojos con los que llevaba soñando los días anteriores. Su rostro estaba distinto esa noche. Había menos tirantez en las mandíbulas y menos arrugas en la frente y alrededor de los ojos. Parecía… feliz. Algo había cambiado en su vida desde la última vez que lo había visto. Algo importante.

—¿Qué te pasa, Ian? No eres el mismo de hace una semana.

—Me he aplicado el tratamiento que doy a mis artistas y he sufrido una transformación, una transformación vital.

Bree arqueó las cejas.

—Y eso, ¿qué implica?

Ian sonrió.

—Todo. La noche de la inauguración de tu exposición, cuando Missy me amenazó con arruinarme el negocio, me di cuenta que mi compañía no lo es todo en la vida. La he convertido en el centro de ella, pero, al final, no me importaba tanto como tú, como tampoco me importan mi música ni mi salud mental.

»Así que he contratado a una persona para delegar buena parte de mi trabajo en ella. Él se ocupará de la gestión del sello discográfico en tanto que Keith lo hace de los artistas. Yo seguiré implicado y tomaré las decisiones importantes, pero no tendré que preocuparme de los detalles. Mis horas de trabajo se verán reducidas a la mitad.

Bree se quedó perpleja ante sus palabras. Era

un paso de gigante que no esperaba que él diera. No era de extrañar que tuviera el aspecto de estar libre de preocupaciones.

Él se encogió de hombros y continuó.

—Trato de llenar mi tiempo libre con la música para evitar tentaciones de volver a lo de antes. Me he comprado algunos instrumentos, entre ellos un piano, para trabajar en algunas canciones. Keith es mi agente, de momento, pero creo que voy a contratar a alguien a tiempo completo y ver hasta dónde llego, si es que llego a algún sitio.

»Estoy contento de volver a tocar. No me daba cuenta de lo mucho que echaba de menos la música hasta que he vuelto a ella. Y te lo debo a ti. Gracias.

Bree no supo qué decir. Había pensado que la actuación de aquella noche sería algo ocasional que seguiría haciendo cada dos fines de semana; que tocaría la guitarra para él, por placer.

—Es increíble, Ian. Estoy muy orgullosa del paso que has dado. Sé que estarás asustado, pero tienes mucho talento.

Él sonrió.

—Gracias. De todos modos, la actuación no es lo que más me ha asustado esta noche.

Bree, confundida, frunció el ceño.

—¿Qué puede haber más temible que cantar ante cien borrachos escandalosos?

—Esto.

Bree vio que se metía la mano en el bolsillo y que plantaba una rodilla en el suelo. Abrió los ojos como platos, sorprendida, cuando todas las piezas se unieron en su cabeza. Le estaba proponiendo matrimonio.

El corazón comenzó a latirle a toda velocidad en el pecho. Él la miro con unos ojos tan desbordantes de amor que ella se quedó sin respiración.

–Bree, eres el amor de mi vida. Llevo años tratando de encontrar a otra persona, pero nadie se te puede comparar. Quiero pasar contigo todos los días del resto de mi vida, no con mis empleados ni con mi dinero ni en mi precioso y vacío piso. Nada de eso me importa si no estás conmigo.

»Si toco una canción, quiero que estés allí escuchándola. Cuando hagas fotos, quiero ir detrás de ti con todo el equipo. No quiero que seas simplemente mi esposa, sino una parte fundamental de mi vida, lo que implica que intentaré asegurarme por todos los medios de que siempre sientas que eres para mí lo más importante del mundo. ¿Me harás el honor de casarte conmigo?

Ian abrió la cajita de terciopelo para mostrarle el anillo que había elegido para ella. Bree ahogó un grito. Le pareció lo más hermoso que había visto en su vida. Y, a pesar de eso, el anillo no se podía comparar con las palabras que lo habían acompañado. El hombre al que amaba le acababa de prometer todo lo que ella siempre había deseado: no solo amor, sino toda una vida de compañerismo, de ser lo más importante para él y no verse relegada a un segundo término por el trabajo u otras prioridades.

–Sí –susurró ella mientras las lágrimas comenzaban de repente a rodarle por las mejillas–. Quiero casarme contigo.

Ian le puso el anillo en el dedo con manos levemente temblorosas. Una vez hecho eso, se levantó y la tomó en sus brazos. Sonrió con alegría antes de besarla en los labios.

Bree sintió que se derretía y que todo volvía a estar en su sitio.

Se olvidó de todo lo que los rodeaba. Incluso de que estaban en un callejón detrás de un bar, hasta que un empleado del mismo salió a tirar la basura a un contenedor situado unos metros de ellos.

Eso los devolvió a la realidad. Ian la tomó de la mano y la condujo hacia la puerta para dar la buena noticia a sus cien nuevos amigos. Bree estaba segura de que la mujer de cabello oscuro de la primera fila se sentiría muy decepcionada al saber que le había arrebatado a Ian antes de que ella tuviera la oportunidad de conocerlo.

–¿Te importa que anuncie nuestro compromiso al público? Creo que lo animará mucho para la segunda parte de la actuación.

Ella asintió y se inclinó hacia él para desearle buena suerte con un beso.

–Con una condición.

Él enarcó las cejas.

–¿Cuál?

–Quiero que rectifiques. No hago trampas cuando juego al Scrabble, lo que pasa es que eres un mal perdedor con un vocabulario limitado.

Epílogo

–¿Y este vestido? ¿Qué te parece? –Gretchen empujó una revista para que la viera Bree–. Me gustan las rosas de seda de los bajos.

Bree echó una ojeada a la foto y frunció la nariz.

–Es demasiado recargado para mi gusto. Quiero algo más sencillo y por lo que no pase el tiempo. Estaba pensando en algo en esta línea –pasó las páginas y devolvió la revista a Gretchen–. Es de organza fruncida de color marfil, con un pequeño adorno de cristal en las caderas. No quiero un vestido de baile. Ten en cuenta que voy a llevar unas zapatillas deportivas Converse plateadas con el vestido que elija.

Esperaba que Amelia se quejara del calzado nupcial, pero su colega no parecía estar escuchándola. Pasaba las páginas de la revista lentamente, absorta, pero sin ver nada. Parecía hallarse a kilómetros de distancia.

Amelia llevaba así desde que había vuelto de la reunión de antiguos alumnos de secundaria, casi un mes antes. Estaba muy emocionada al marcharse, pero había vuelto de su ciudad natal muy callada y más pensativa de lo habitual.

Amelia no había vuelto emocionada ni tampoco había querido hablar de ello, una vez en Nashville.

Había creído que Amelia se animaría un poco al mirar vestidos con ella. A Amelia le encantaba la moda, especialmente los vestidos de novia. Los sábados, se moría de ganas de salir sigilosamente de la cocina para ver el vestido de novia de la mujer que fuera a casarse.

Pero el plan de Bree no funcionó. Amelia no dijo una palabra en toda la mañana mientras pasaba las páginas de las revistas con mirada ausente.

Bree sabía que lo que hubiera sucedido en Las Vegas no era asunto de su incumbencia, pero aquello ya resultaba ridículo.

–¿Amelia?

Su amiga alzó bruscamente la cabeza volviendo a la realidad.

–¿Qué?

Gretchen y Bree se miraron y las dos fruncieron el ceño. A Amelia le pasaba algo, y Bree estaba dispuesta a llegar al fondo del asunto en aquel mismo momento.

–¿Qué te pasa?

Amelia la miró con los ojos muy abiertos y negó con la cabeza.

–No me pasa nada. Anoche no dormí bien.

–¡Mentirosa! –exclamó Gretchen en tono acusador al tiempo que se cruzaba de brazos–. Estás rara desde que volviste de Las Vegas. ¿Qué sucedió en la reunión? Cuando yo fui a la de los antiguos alumnos de mi escuela, buena parte de los chicas había engordado y los empollones se habían hecho ricos. Yo seguía siendo la chica con tendencias artísticas de cuyo nombre nadie se acordaba. Me tomé unas copas, me eché unas risas con personas que no recordaban quién era y me volví. No tuve que perder ninguna noche de sueño.

Amelia torció la boca, pero no dijo nada. Fuera lo que fuera lo sucedido, no quería hablar de ello.

Bree pensó que aquello no estaba bien. Ella tampoco había querido ir a ese bar a oír cantar a Ian. Amelia la había obligado a hacerlo y a la vista estaba el resultado: se iba a casar. Ya era hora de que Amelia les contara lo que le pasaba.

–¿Qué te sucede? ¿Qué hiciste allí que sea tan malo? Ni que te hubieras casado en secreto en una de esas capillas decoradas con tan mal gusto.

Amelia alzó la vista y la miró con el pánico reflejado en los ojos y la mandíbula desencajada. Sus labios se movieron sin emitir sonido alguno.

–Amelia… –Gretchen la presionó–. Dime que no te has casado en Las Vegas.

Amelia respiró hondo y asintió lentamente.

–Lo he hecho. Los detalles no los tengo muy claros, pero me desperté casada con mi mejor amigo.

No te pierdas *Treinta días juntos,*
de Andrea Laurence,
el próximo libro de la serie
Novias de ensueño
Aquí tienes un adelanto...

—¿Quieres marcharte de aquí?

Amelia Kennedy se volvió y miró los azules ojos de su mejor amigo, Tyler Dixon. Él sería, desde luego, quien la salvaría.

—Sí, por favor.

Se levanto de la mesa y aceptó la mano que le ofrecía. Contenta, lo siguió hasta que salieron del salón de baile, cruzaron el casino y llegaron a la calle. Estaban en Las Vegas.

El simple hecho de respirar el fresco aire del desierto hizo que Amelia se sintiera mejor.

¿Por qué había creído que la reunión de antiguos alumnos del instituto sería divertida? Se reducía a una sala llena de un montón de gente que nunca le había caído bien alardeando de la maravillosa vida que llevaba. Aunque no le importaba en absoluto lo que Tammy Richardson, animadora deportiva muy pagada de sí misma, hubiera conseguido en su vida, oírla fanfarronear había hecho que Amelia se sintiera menos orgullosa de sus propios logros.

Y era ridículo. Amelia era la dueña, junto con otras tres socias, de una empresa con mucho éxito. Sin embargo, que no tuviera alianza matrimonial ni fotos de un bebé en el teléfono móvil la había convertido en la excepción de la noche.

El viaje había sido un desperdicio de sus escasos días de vacaciones.

Bueno, no del todo. Había merecido la pena por volver a ver a Tyler. Eran muy buenos amigos, aunque, últimamente, estaban tan ocupados que, con suerte, se veían una vez al año. Aquella reunión había sido una buena excusa para hacerlo.

Bajaron por la calle de la mano sin pensar en ir a un sitio concreto. Daba igual dónde acabaran. Cuanto más se alejaban del lugar de la reunión, de mejor humor se ponía Amelia. Era eso o, a juzgar por cómo le flaqueaban las rodillas, que el tequila le estaba haciendo efecto.

Un estruendo llamó su atención y se detuvieron frente al Mirage para contemplar la erupción periódica del volcán que había fuera.

Se apoyaron los dos en la barandilla. Amelia reclinó la cabeza en el hombro de Tyler y suspiró, contenta.

Verdaderamente, lo echaba de menos. El mero hecho de estar con él hacía que todo le pareciera mejor. En sus brazos hallaba una comodidad y un consuelo que no había encontrado en ninguno otro. Aunque nunca habían salido como pareja, Tyler había puesto el listón muy alto para las posteriores relaciones de Amelia; tal vez demasiado alto, ya que seguía soltera.

—¿Te encuentras mejor? —preguntó él.

—Sí, gracias. Ya no podía seguir viendo más fotos de bodas y bebés.

Tyler le echó el brazo por los hombros.

GABE

En busca del placer

DAY LECLAIRE

A pesar de que una vez se escapó de su lado, Gabe Piretti no había olvidado la mente despierta ni el cuerpo estilizado de Catherine Haile. Estaba tramando cómo conseguir que volviera a formar parte de su vida, y de su cama, cuando ella le pidió ayuda para salvar su negocio. Gabe se aprovechó de su desesperación para conseguir lo que quería: a ella. Pero ¿qué pasaría cuando tuviera que elegir entre el trabajo y el placer de una mujer tan seductora?

Era rico, implacable y despiadado, pero ella conseguiría ablandarle el corazón

Acepte 2 de nuestras mejores novelas de amor GRATIS

¡Y reciba un regalo sorpresa!

Oferta especial de tiempo limitado

Rellene el cupón y envíelo a
Harlequin Reader Service®
3010 Walden Ave.
P.O. Box 1867
Buffalo, N.Y. 14240-1867

¡Si! Por favor, envíenme 2 novelas de amor de Harlequin (1 Bianca® y 1 Deseo®) gratis, más el regalo sorpresa. Luego remítanme 4 novelas nuevas todos los meses, las cuales recibiré mucho antes de que aparezcan en librerías, y factúrenme al bajo precio de $3,24 cada una, más $0,25 por envío e impuesto de ventas, si corresponde*. Este es el precio total, y es un ahorro de casi el 20% sobre el precio de portada. ¡Una oferta excelente! Entiendo que el hecho de aceptar estos libros y el regalo no me obliga en forma alguna a la compra de libros adicionales. Y también que puedo devolver cualquier envío y cancelar en cualquier momento. Aún si decido no comprar ningún otro libro de Harlequin, los 2 libros gratis y el regalo sorpresa son míos para siempre.

416 LBN DU7N

Nombre y apellido	(Por favor, letra de molde)

Dirección	Apartamento No.

Ciudad	Estado	Zona postal

Esta oferta se limita a un pedido por hogar y no está disponible para los subscriptores actuales de Deseo® y Bianca®.
*Los términos y precios quedan sujetos a cambios sin aviso previo.
Impuestos de ventas aplican en N.Y.

SPN-03   ©2003 Harlequin Enterprises Limited

Bianca

Ella era una mujer fría... él, un hombre de sangre mediterránea

La supermodelo Annellese Christiansen parecía tenerlo todo: éxito profesional, amigos famosos y la adoración de la prensa. Y tenía motivos más que suficientes para resistirse al poder de seducción del millonario griego Damon Kouvaris... Damon esperaba que la fría y hermosa Anneliese acabase en su cama, pero estaba a punto de descubrir que no iba a resultarle tan fácil. Siempre conseguía lo que deseaba... y si el premio merecía la pena estaba dispuesto a pagar el precio que fuese necesario.

SEDUCCIÓN DESPIADADA
CHANTELLE SHAW

Deseo

GABE

En busca del placer

DAY LECLAIRE

A pesar de que una vez se escapó de su lado, Gabe Piretti no había olvidado la mente despierta ni el cuerpo estilizado de Catherine Haile. Estaba tramando cómo conseguir que volviera a formar parte de su vida, y de su cama, cuando ella le pidió ayuda para salvar su negocio. Gabe se aprovechó de su desesperación para conseguir lo que quería: a ella. Pero ¿qué pasaría cuando tuviera que elegir entre el trabajo y el placer de una mujer tan seductora?

Era rico, implacable y despiadado, pero ella conseguiría ablandarle el corazón

¡YA EN TU PUNTO DE VENTA!